BEATRICE DORIGO
MASSIMO MINUTI

L'AMORE SI IMPARA LEGGENDO

Sperling & Kupfer

L'AMORE SI IMPARA LEGGENDO

ISBN 978-88-200-5753-4
35-I-14

Realizzazione editoriale a cura di studio pym

Questo libro è stato realizzato in collaborazione con Accademia della Felicità

ACCADEMIA
DELLA
FELICITÀ

Indice

Introduzione 1

La lezione di Lizzie, ovvero come innamorarsi perdutamente (di se stessi) 5

Toc toc, è permesso? Caterina e il coraggio di cambiare direzione 23

Chi è la più bella del reame? Con Malena alla ricerca dello specchio giusto 39

Zia Mame, o del farsi spazio (anche a costo di sgomitare) 56

Emma Morley o della (im)perfezione 72

La lezione di Amy: il piacere di farsi belle 86

Acrobazie sentimentali. Impara da Bridget l'importanza delle amicizie di sicurezza 99

Di amore non si muore. Ruth e il coraggio di voltare pagina 116

Vuotare il sacco è sempre una buona idea, parola di Sam 133

Impara con Annie, apri gli occhi! Eccola, si chiama realtà (e non è affatto male) 148

La lezione di Tiziana: trova i tuoi paletti e... fai strike! 160

Colazione da Tiffany o pic-nic in un prato: l'importante è godersi il panorama 177

Le tue prigioni hanno sbarre sottili. Marta ti insegna a evadere (e tendere la mano) 193

La lezione di Rossella: errare è umano (e pure tu lo sei, te lo ricordi?) 207

Regina del tuo regno 220

L'amore raccontato. Spunti di letteratura fra i secoli 233

Bibliografia 241

Ringraziamenti 245

Introduzione

Tutto è cominciato per caso, come nei migliori romanzi. O meglio: questa è stata la percezione che ho avuto io.

Ma la verità è che, all'interno di Accademia della Felicità (ADF), le idee e le persone sbocciano come fiori perché qualcuno – nello specifico Francesca, Marco e Sara, che di Accademia sono le menti e il cuore – ha saputo preparare, con cura e amore, il terreno da cui partire. Insomma, ha seminato bene.

E del resto è per questo che è nata ADF, per dare alle persone un luogo fisico e mentale dove attuare il cambiamento di cui hanno bisogno.

Era una domenica di gennaio scintillante di sole, e tutte le persone presenti all'Open Day di ADF assorbivano luce e parole dalle storie di chi era già passato da lì, aveva fatto un percorso e lo raccontava con estrema generosità.

Io ero arrivata da Torino a mo' di donzelletta che vien dalla campagna in compagnia di Massimo ed ero lì anche io solo per ascoltare: o almeno, così credevo.

Ho conosciuto Accademia perché ho seguito un percorso in Coaching nella città dove ho fatto il master che mi ha cambiato la vita, e non solo in senso professionale: ho fatto un lavoro su me stessa che mi ha portata a comprendere con maggiore lucidità e chiarezza chi volevo essere, e che cosa – davvero – volevo fare. Massimo invece me lo porto dietro gioiosamente da un sacco di anni: collega libraio e amico del cuore.

Insomma, eravamo lì camuffati tra il pubblico, quando si è iniziato a parlare di libroterapia: immaginateci belli paciosi sulle sedie rosa come i cani sul cruscotto, a fare sì con la testa ripieni di biscotti gentilmente offerti dalla casa, rilassati e immersi nell'ascolto. A un certo punto Francesca, uno dei fondatori di ADF, ci ha fatti sobbalzare con una frase che si riferiva proprio a noi due, apparentemente innocua... Se la memoria non mi inganna, suonava più o meno come: «E a proposito di libri, abbiamo qui anche Massimo e Bea, che sono due bravissimi librai». Noi siamo arrossiti come due damine del Settecento, e abbiamo fatto ciao con la manina in pieno stile regina Elisabetta. Ma Francesca, che nel caso non si fosse capito è inarrestabile, ci ha fatto cenno di raggiungerla davanti alla platea (che, mentre mi muovevo, sembrava essersi misteriosamente triplicata) e così, su due piedi, si è inventata un juke-box letterario.

Non sto scherzando.

Se non siete mai stati in Accademia, forse avrete già smesso di credermi, eppure vi assicuro, succede proprio così: loro pensano una cosa e tre secondi dopo dicono: «Facciamola». *E la fanno*. Ma subito eh, subito.

Che poi il juke-box letterario in realtà è un gioco, e, passati i primi quaranta secondi di terrore puro in cui abbiamo pregato tutte le divinità che ci sono venute in mente di trasformarci seduta stante in due sedie Ikea, io e Massimo abbiamo iniziato a divertirci sul serio, tant'è che adesso, per farci smettere, spesso il pubblico deve minacciare di prenderci a ciabattate.

Il gioco è questo: le persone presenti ci dicono un argomento e noi suggeriamo il libro adatto. Viene fuori di tutto – davvero! – ma ci sono alcuni temi che ricorrono più spesso di altri: il cambiamento, il viaggio, il rapporto con la famiglia, e, soprattutto, l'amore. In tutte le sue sfaccettature, che, come ben sapete, sono tante, così come infinite sono le risposte possibili. Io e Massimo attingiamo alla nostra memoria letteraria, che è un po' un serbatoio che non si può mai smettere di riempire e consigliamo un libro da leggere e ne raccontiamo brevemente la trama – facendo attenzione a non dire troppo, che spoilerare i finali è l'ottavo peccato capitale – sottolineando in che modo affronta il tema richiesto e che prospettiva offre.

Da quella domenica di gennaio in Accademia a oggi, di juke-box letterari ne abbiamo fatti tanti, e in moltissimi posti diversi: librerie, circoli, persino un ferramenta. Si ride molto, ci si commuove anche, a volte si fa l'aperitivo, ovviamente sfogliando i libri del cuore.

Le letture che consigliamo sono (quasi) sempre di

narrativa: difficilmente saggistica o autoaiuto. I romanzi hanno una corsia preferenziale per arrivare al cuore delle persone, attraverso personaggi adorati o scomodi e situazioni in cui ci si può riconoscere e dalle quali si può imparare.

E poi c'è la forza della scrittura. Una storia scritta resta dentro di noi a lungo, sedimenta, ci abita ed emerge proprio quando ne abbiamo più bisogno come una mano tesa ad aiutarci.

La storia del libro che tenete fra le mani finisce qui: adesso è il momento di voltare pagina, perché – e chi legge lo sa bene – ci sono tantissime altre storie da conoscere. E in ciascuna di esse, un pezzettino della nostra, e probabilmente della vostra...

BEATRICE

La lezione di Lizzie, ovvero come innamorarsi perdutamente (di se stessi)

«Le donne si immaginano che l'ammirazione significhi più di quanto in realtà non sia.» «E gli uomini fanno di tutto per incoraggiarle in questa supposizione.»

JANE AUSTEN, *Orgoglio e pregiudizio*

CHE cosa rende un personaggio di carta di duecento e passa anni fa un'eroina da cui prendere esempio in quei momenti della vita in cui ci sentiamo affascinanti, coraggiose e determinate come un calzino dimenticato sul fondo della lavatrice?

Lizzie è una di noi, da sempre, e lo è sin dalle prime pagine di *Orgoglio e pregiudizio*, quando viene amorevolmente stroncata da quel gran figo di Mr Darcy, che la definisce, testualmente, «Non abbastanza bella da tentare un uomo par mio». Che caro ragazzo, Mr Darcy, chi di noi non ha mai avuto l'immensa fortuna di incontrare un tipo così?

«Non abbastanza.» Questo è il mantra orripilante con cui tante volte ci martoriamo il cervello e le ovaie, neanche avessimo dei peccati da scontare: non abbastanza. È già brutto sentircelo ripetere dalla suocera interiore che alberga malignamente dentro di noi, figuriamoci se ci arriva detto a voce alta dal bel tenebroso della situazione. Tu sei lì, a una festa, che non vedi l'ora di fare quattro salti in padella, ballare un po' e spettegolare sorseggiando il tuo ponce al mandarino, e all'improvviso ti piomba questa bastonata tra capo e collo.

Quello che tutte faremmo sarebbe scappare in bagno piene di vergogna e poi darci alla fuga attraverso la finestra del piano terra, inscenando un rapimento alieno.

Ma Lizzie, invece, che cosa fa? Lizzie se ne frega.

Sì, certo, ci rimane un po' male, ma poi è bravissima a ridimensionare Mr Darcy per quello che è, ovvero un buzzurro di bell'aspetto. E con un carattere infame: lei di un uomo così non sa che farsene. Archivia la faccenda con una scrollata di spalle e si butta nelle danze. Si gode la festa.

Dentro di sé sa benissimo che, per quanto odioso, il commento del caro Darcy ha un fondo di verità: non è la bella del contado, e neppure la bella di casa, ma va bene così. È consapevole di avere altre doti, che sono poi quelle che usa per ritagliarsi il suo posto nel mondo, e che, se proprio vogliamo dirla tutta, saranno quelle che la renderanno ben più preziosa agli occhi di Darcy di quanto avrebbe mai potuto fare un bel musetto.

Il comportamento della nostra eroina altro non è che un'ottima salvaguardia della propria autostima, mediante pochi, semplici passi. Accetta la critica, innanzitutto. Non si ripete ossessivamente «Non è vero, sono bellissima», ma scende a patti con la realtà, non si dimentica chi è stato a pronunciare la gentile osservazione: un tizio qualunque, che neanche la conosce, e che lei certo, da quel momento in poi, non avrà piacere di incontrare neppure per sbaglio (anche se noi sappiamo che il destino ci metterà la zampa, meraviglie della letteratura!). Non consente a un signor nessuno, per quanto attraente, di andare a intaccare in profondità la sua sicurezza: uno appena arrivato, che a dirla tutta non le piace nemmeno. Quante volte, al contrario, lasciamo che sia il parere di qualcuno di cui ce ne frega relativamente poco a condizionarci, soprattutto in negativo? Lizzie adesso sa di non essere abbastanza bella da tentare il signor Darcy, ma in fondo cosa le importa?

Allora va avanti con la sua serata. Non dimentica il motivo principale per cui era lì, cioè divertirsi ed essere se stessa. Non cerca il riscatto attraverso gli occhi del suo antagonista. L'unico riscatto che conta per lei è passare del tempo a fare le cose che le piacciono, e a modo suo. Sotto gli occhi di Darcy, certo, ma senza sentirseli addosso.

Gli aspetti che possiamo (dobbiamo!) prendere in prestito da Lizzie non sono solo la sua forza e la sua ironia. C'è un'altra lezione che dobbiamo imparare, la più importante: nessuno potrà amarci in maniera sana e soddisfacente finché non impareremo, noi per prime, a innamorarci perdutamente di noi stesse.

Alla scoperta dei tuoi talenti!

Mariapia Veladiano, *La vita accanto*

Rebecca, appena nata, non è come tutte le altre bambine: è brutta, irrimediabilmente brutta, il peggiore incubo di ogni madre, la sua compresa. Per questa «colpa» estetica viene smollata fin dai primi giorni di vita alle cure della tata Maddalena, una delle poche persone che sapranno amarla incondizionatamente.

La madre, persa nei propri silenzi, e il padre, sempre distante e incapace di esprimere i suoi sentimenti, non le faranno mancare mai nulla. A meno di non voler fare i pignoli e puntare il dito su quell'unica piccola cosa che non le daranno mai: l'amore.

La vita di Rebecca cambia improvvisamente quando scopre di avere un talento smisurato: sa suonare il piano da dio. Questa rivelazione rappresenterà la miccia attraverso la quale riuscirà a far esplodere il destino di sfiga cosmica a cui sembra condannata. La sua arte le permetterà di trovare la forza per fronteggiare le conseguenze della ferita ancora aperta che sente dentro, causata dall'abbandono, e la porterà a comprendere le reali ragioni che l'hanno provocata.

Grazie a questo dono e alla sua nuova consapevolezza raccoglierà le energie per affrontare la vita in tutte le sue sfaccettature. E anche guardandosi allo specchio saprà trovare una donna diversa, nuova. Infinitamente più bella.

...e quindi?

La forza e l'intensità di questo romanzo stanno tutte nella figura di Rebecca e nella sua capacità di risolvere e superare le difficoltà della propria vita. Facendosi guidare dalla caparbietà, come un piccolo bulldozer, non si fermerà fino a che non avrà trovato la verità, la *sua* verità, riuscendo, attraverso di essa, a scoprire il proprio valore e a iniziare a volersi bene, superando il pessimo esempio dei genitori.

Il suo talento di far scivolare con maestria le mani sui tasti del pianoforte è il simbolo di un dono, quello che è presente anche in te e che così facilmente dimentichi di avere, o addirittura di cercare! Non stringerti nelle spalle pensando: Ma chi, io? Sì, anche tu hai un talento, che aspetta solo di essere scoperto.

Non si tratta di eccellere in un'attività particolare ma nel riconoscere qualcosa che è insito in te, che ti appartiene in una maniera che consideri talmente ovvia da non saperla neanche più vedere. Fai un passo al di fuori del modo in cui ti guardi di solito, e fai attenzione a quello che ti sembra un granello di polvere e in realtà è una perla: può diventare il punto di forza per una nuova e più solida autostima, può diventare l'inizio del tuo innamoramento di te stessa.

Lascia che ti succeda quello che capita a Rebecca, che nel cambiamento di sé modifica anche il mondo intorno a lei. Leggi cosa riesce a combinare:

A casa coltivavo con passione lavande e margherite che avevo piantato in grandi vasi distribuiti su tutti i poggioli, proprio come avevo visto negli acquarelli di mia madre. Per accelerare il risultato avevo fatto comprare a Maddalena le margherite più grandi e in parte fiorite e già si vedeva l'effetto luminoso delle corolle bianche sullo sfondo del grigio argento della lavanda e del grigio chiaro della pietra. Mentre lavoravo alle fioriere e orientavo le margherite in modo che sporgessero verso l'esterno, nascosta dalla balaustra sentivo i commenti dei passanti che ne ammiravano l'effetto e si chiedevano chi stesse ridando vita a quel vecchio palazzo.

Non ti è bastata la lezione di Rebecca per ricordarti che i mostri non esistono? Più avanti ti aspetta una scheda che si intitola proprio così... Ok, puoi andare a fare un salto, è a p. 49!

Il regalo più prezioso: accettarsi per quello che si è (e magari imparare a riderci su)

R.J. Palacio, *Wonder*

Auggie ha dieci anni e lo aspetta il passaggio dalla scuola elementare alle medie, un momento «dolcemente traumatico» per ogni bambino e bambina. Ma la storia di Auggie è diversa da quella di tutti gli altri. Lui non ha mai messo piede in una scuola vera, e i suoi genitori gli hanno taciuto questa decisione fino all'ultimo.

Sì, perché Auggie soffre di una terribile malattia genetica che gli ha provocato la deformazione del viso, e il bonus extra di dover subire innumerevoli e dolorosissimi interventi chirurgici per ricostruire le sue fattezze lo ha tenuto lontano dalle aule scolastiche.

Fino a questo momento.

Auggie vive il cambiamento in modo più difficoltoso rispetto ai suoi coetanei, perché sa di essere «diverso». E dire che questo passaggio lo terrorizza è un eufemismo.

Vede la sua diversità negli sguardi degli adulti quando lo incontrano, la percepisce attraverso le loro parole. Essendo, di fatto, un bambino intelligente, è spesso ferito dal ribrezzo che la sua faccia – che è, per quanto possa sembrare assurdo, assolutamente normale per lui e per la sua famiglia – suscita negli altri.

E poi, feriti o no, la scuola media è il cancello dell'inferno attraverso il quale tutti, prima o poi, si trovano a passare, sperando di uscirne interi...

Inizierà così anche per Auggie una lunga avventura tra le aule di scuola, le lezioni, le attività extrascolastiche. E, soprattutto, con i compagni.

La sua fortuna è avere una famiglia affettuosa e presente, che fa il tifo per lui e gli fornisce, con amore e costanza, sempre nuovi strumenti per ridimensionare e contenere le difficoltà, anche quelle più banali legate alle prime ribellioni prepuberali, croce e delizia di ogni genitore.

E presto arriverà una rete di nuovi amici, che impareranno a conoscerlo senza esserne spaventati e lo aiuteranno a valorizzarsi e a renderlo più forte.

Tutto questo spingendosi ben oltre le apparenze, puntando tutto su quelle qualità, ancora in divenire considerata la sua età, che saranno le fondamenta della costruzione di un Auggie finalmente adulto.

...e quindi?

Questo romanzo, pensato per un pubblico di giovani adulti, riesce nella sua semplicità a parlare anche al cuore dei cosiddetti «grandi», rievocando il ricordo di emozioni che magari nel processo di maturazione sono state rimosse o si sono, più semplicemente, sbiadite.

È una storia così potente da costringerci, come effetto collaterale della lettura, a riflettere e a ripensarci.

Wonder arriva dritto al punto: colpisce, commuove, intenerisce, rimette in moto la corteccia cerebrale e ti pone in relazione non «con chi sta peggio di te» ma con chi ha trovato, anche grazie all'aiuto di persone importanti, la forza di essere se stesso.

La storia di Auggie, raccontata dal punto di vista dei vari personaggi per aiutarti a cogliere meglio tutte le sfumature che la compongono, può insegnarti a lavorare sulla tua autostima con grande sensibilità e partecipazione, toccando le corde più profonde del tuo animo. Senza farti paura, accettando anche ciò che meno ti piace di te.

Non è necessario avere la faccia sfigurata per sentirsi inadeguati, e questo probabilmente lo sai bene: ma è in tuo potere accettare un nasone o i fianchi larghi o un difetto di pronuncia, sapendo che ci sono tante altre cose che contano e a cui è giusto dare importanza, buttando giù dal piedistallo dei tuoi pensieri anche quei maledetti capelli crespi ereditati dalla prozia Giacomina.

Auggie per esempio la vede così, e nelle sue parole è concentrata l'incredibile forza che alberga dentro di lui:

> «La cosa più importante che ho è questa di-so-sto-si-man-di-bo-lo-fac-cia-le... che ci ho messo una vita a imparare a dirlo, fra l'altro. Ma ho anche quest'altra specie di sindrome che non riesco nemmeno a pronunciare. E le due cose si sono come fuse insieme in un'unica grossa supercosa, che è talmente rara che non le hanno ancora dato un nome. Insomma, non che voglia darmi arie o simili, ma sono davvero considerato una specie di prodigio della medicina, sai com'è.» Ha sorriso. «Era una battuta», ha aggiunto. «Puoi ridere.»
>
> Ho sorriso e scosso la testa. «Sei simpatico, Auggie», ho detto.
>
> «Sì, lo sono», ha detto orgoglioso. «Sono un grande.»

Trova il tuo posto nel mondo e impara a riconoscere i tuoi alleati

Joe R. Lansdale, *Tramonto e polvere*

Texas, anni Trenta. Il microcosmo di una comunità sviluppata intorno a una segheria sta affrontando le conseguenze della Grande Depressione che ha messo in ginocchio l'economia degli Stati Uniti. A movimentare un po' l'allegro quadretto, un omicidio: dopo un tentativo di stupro, l'ennesimo, la bellissima Sunset uccide il marito. Il defunto violentatore però è – o meglio, era – anche lo sceriffo del villaggio. E, neanche a farlo apposta, la segheria attorno alla quale è sorto il paesino è di proprietà della famiglia del morto.

Contro ogni previsione, Sunset, con l'aiuto e l'appoggio delle donne del paese e in particolar modo della suocera Marilyn, sostituirà il caro maritino in quel ruolo «maschile», conquistando un poco alla volta la stima e il rispetto di tutti i concittadini.

Sarà questo nuovo ruolo a riscattare Sunset, rendendola un'eroina moderna e attuale proprio per la capacità di far emergere il suo valore, ma solo dopo averlo riconosciuto!

...e quindi?

Dietro l'esplosiva e divertente vena creativa dell'autore si celano notevoli spunti di riflessione.

Se hai voglia di avventurarti attraverso le pagine, troverai tanto da imparare da Sunset, e la trasformazione che avviene nel personaggio ti permetterà di ripensare alla tua autostima.

La protagonista rappresenta infatti una donna che prende consapevolezza di sé con forza e determinazione, ottenendo attraverso il suo cambiamento anche il rispetto degli altri. E questo avviene soprattutto grazie a Marilyn, la quale vede nella nuora che le ha ammazzato il figlio quelle caratteristiche positive che la stessa Sunset non sa riconoscere. Sarà proprio lei ad aiutarla a ripensarsi anche in funzione di quel ruolo che ha deciso di ricoprire e che la metterà a confronto con un ambiente decisamente maschilista. La suocera è la prima a stupirsi del legame sempre più forte che va stringendo con Sunset, ma è abbastanza intelligente da rendersi conto che è necessario ammettere di aver messo al mondo un maiale privo di etica piuttosto che negare il potere e il carisma della donna di fronte a lei. Scegliendo di allearsi con Marilyn si allea con se stessa e con tutte le donne del paese – e con gli uomini integri e onesti che, contro ogni apparenza, lo abitano.

Ecco, prova anche tu ad accogliere i feedback positivi che ti rimandano gli altri, in ambito amicale e famigliare: lo sguardo buono di chi ti sta vicino ha il potere di influenzare positivamente la tua autostima.

Non pensare – perché sappiamo che lo fai! – Lo dicono solo perché mi vogliono bene: chi nutre sentimenti di stima e affetto nei tuoi confronti non diventa per questo automaticamente un pupazzo privo di capacità di discernimento. Prova a vedere la verità nei complimenti e nelle critiche positive che ricevi: a volte gli altri ti osservano in una maniera che ti è utile, e riconoscerti in essa potrebbe essere determinante per l'immagine che hai di te.

Anche Emma Morley deve imparare a volersi bene, perché solo così potrà ricongiungersi con l'amore della sua vita, Dex. Lei è una delle supereroine di carta che ci sono piaciute di più, tanto che le abbiamo dedicato un capitolo intero. Se non riesci ad aspettare vai a dare una sbirciata a *Emma Morley, o della (im)perfezione*, a p. 72.

Prendi in prestito gli occhi di chi ti vuole bene

Paolo Cognetti, *Sofia si veste sempre di nero*

Sofia è una ragazza all'apparenza come tante, e come tante diversa da tutte le altre.

La sua storia viene raccontata passo dopo passo per i primi trent'anni, da poco prima della nascita fino all'età adulta, senza mai giudicare ma semplicemente seguendo lo svolgersi dei fatti in tutti gli snodi fondamentali che formeranno il carattere della ragazza.

Sofia è un personaggio ricco e mai scontato, che ti invita a porti quelle domande che le appartengono facendole diventare le tue, costringendoti a metterti in discussione, senza mai provocarti, anzi con un'estrema naturalezza.

Vicino a lei i suoi genitori, il padre Roberto e la madre Rossana, che vivono in un rapporto di silenzioso contrasto, e la figura della zia Marta, una delle poche persone che saprà capirla davvero e accompagnarla nel suo percorso verso l'indipendenza. Dall'infanzia nella sua difficile famiglia alle tensioni dell'adolescenza, dalla scoperta del sesso e del teatro fino all'approdo all'età adulta: la storia di Sofia non potrà non parlarti indirettamente della tua e ti scoprirai a fare il tifo per lei come (forse) dovresti fare con te.

Leggendo questo romanzo, sta a te scegliere di fare tuoi i temi che senti più vicini e decidere di analizzarli, riconoscendoli e magari riuscendo a sciogliere o accettare quei nodi della tua storia personale che così finalmente affronterai.

...e quindi?

Sofia si veste sempre di nero può davvero essere il libro che fa per te.

La suddivisione in brevi capitoli è perfetta anche per i lettori più inesperti, quelli che hanno paura di affrontare la «scalata» di un romanzo tutto d'un pezzo. Se sei uno di loro puoi decidere di vivere ogni capitolo come un breve racconto a se stante: vedrai che dopo un po' non riuscirai a fermarti e ti scoprirai ad ammirare il libro nel suo quadro d'insieme.

E poi c'è il percorso personale che affronta la protagonista: la crescita, il rapporto con i genitori, l'accettazione di sé e del proprio corpo – tasto dolente per la quasi totalità delle persone, specie delle ragazze – la spinta a realizzare e concretizzare il suo sogno, sono tutti spunti a disposizione di chi, come te, vuole ristrutturarsi partendo proprio dall'autostima.

E non dimentichiamo la figura della zia Marta, che ha un ruolo fondamentale nel percorso a ostacoli di Sofia: è una donna con un passato molto intenso, che l'ha vista in prima linea nell'impegno politico e civile degli anni Settanta, reduce da un periodo di esilio in Francia. Lei sola saprà cogliere nella nipote la sua unicità, espressa attraverso un malessere urlato al mondo.

Osservare Marta può aiutarti a riflettere anche su te stessa. Forse quello di cui hai bisogno è lo sguardo attento di qualcuno a cui poterti rivolgere.

Se non hai una zia sessantottina, forse c'è una cugina simpatica che fa al caso tuo, e persino nei momenti peggiori, quando ci sentiamo incapaci di vedere e sentire, quel qualcuno esiste, ed è pronto a ripescarci dalle nostre paludi, lavarci via il fango di dosso e darci una spintarella – o un calcione! – per rimetterci in pista.

È più facile imparare a innamorarci di noi se lo facciamo attraverso gli occhi di chi ci vuole bene!

Combatti i tuoi mostri (sei tu la più forte!)

Stephen King, *Il gioco di Gerald*

Gerald convince la moglie Jessie a realizzare alcune fantasie sessuali ma, dopo averla incatenata al letto con un paio di manette, si fa prendere dal gioco erotico, perdendo il controllo e diventando aggressivo e violento.

Jessie, umiliata, lo colpisce con un calcio, e l'uomo si affloscia inerte, stroncato da un infarto improvviso. Da quel momento inizia un vero e proprio incubo: la donna si trova sola, legata al letto e impossibilitata a liberarsi, in una casa isolata. La protagonista dovrà confrontarsi con se stessa e con le proprie paure, alcune anche molto vicine: rendendosi conto che forse l'incubo ha avuto inizio molti anni prima, e albergava in lei senza che nemmeno se ne rendesse conto. Attraverso un lungo dialogo con le voci che scopre di avere dentro, parti di lei fino a quel momento inascoltate, Jessie si scoprirà capace di trovare una soluzione che possa, in ogni senso, liberarla.

...e quindi?

Le paure ci condizionano. Le paure, soprattutto quelle legate a traumi del passato, ci limitano impedendoci di essere chi siamo veramente e di vivere in modo sereno.

La scelta sta a te. Solo tu puoi decidere di lavorare sui tuoi desideri, sui tuoi sogni, sui tuoi progetti. E non devi aspettare di ritrovarti incatenata a un letto per guardare in faccia te stessa e ciò che ti spaventa. Certo, questo processo richiede impegno, ma determina un benessere che può mettere la tua vita in una prospettiva completamente diversa. Puoi perdonare, puoi perdonarti; puoi renderti conto di avere una forza e un coraggio che non ti saresti mai aspettata: e quello è il momento in cui devi dirti «brava» e tagliare i tuoi traguardi. La storia di Jessie è una metafora di tutto questo. Leggi cosa succede qui: Jessie è legata al letto da poco, e suo marito giace inerte a pochi metri da lei. Nella sua testa iniziano a risuonare queste parole:

> Chi era Jessie? Chi ti ha insegnato a considerarti brutta e di scarso valore? Chi ha scelto Gerald Burlingame come tua anima gemella e Principe Azzurro, probabilmente già molti anni prima che lo conoscessi a quella adunata del Partito Repubblicano? Chi ha deciso che non solo era l'uomo che ti occorreva ma esattamente quello che meritavi?

Le domande di Jessie riguardano temi universali, sono le domande di chi, schiacciato da una scarsa autostima, si ritrova intrappolato in una situazione – in questo caso un matrimonio, che è spesso paradigma di tutte le cose che non vanno nelle nostre scelte di vita – senza ricordare esattamente quando e come abbia deciso di ficcarsi lì dentro. E tu? Tu che cosa ne pensi? Senti che qui stiamo parlando anche di te? Ricorda: «Io non c'ero e se c'ero dormivo», non è mai una risposta accettabile.

Facciamo un gioco?

Eh già, alla fine di ogni capitolo di questo libro ti proporremo sempre di fare un gioco e ti daremo alcuni spunti da seguire. Se decidi che hai voglia di farlo e ti stuzzicano (il che sarebbe fantastico!), il modo migliore di procedere è recuperare un quaderno che ti piaccia, una penna, e scrivere tutte le cose che ti vengono in mente dopo aver finito di leggere.

Quando scriviamo entriamo in comunicazione con quella parte di noi stesse che di solito rimane un po' nascosta e soffocata dalle mille incombenze quotidiane, ma che è anche quella che ci dice la verità su come stiamo. Datti la possibilità di ascoltarla: potresti trovare molto interessante e inaspettato quello che ha da dire!

Capito? Bene, allora partiamo!

Ti ricordi di quando, all'inizio di questo capitolo, abbiamo parlato di come Lizzie riesce a sbarazzarsi del giudizio negativo di Mr Darcy senza permettergli di farla sentire inadeguata? Bene: adesso immagina di essere lei, in quella situazione, sentendo quelle parole: «Non abbastanza». Come reagisci? Quali sensazioni provi? Che cosa ti viene spontaneo fare?

Ora con un salto temporale torna a un episodio del tuo passato in cui qualche losco figuro ha cercato di sminuirti, magari – ahimè – davanti a tutti. Come hai reagito? E se, invece di essere la cara vecchia te stessa, fossi stata Lizzie come sarebbero andate le cose?

segue

Ultimo step (meno difficile di quello della palestra anche se forse altrettanto faticoso): e se succedesse di nuovo, ma tu stavolta riuscissi a sentirti più Lizzie, come potrebbe andare?

E adesso... Quaderno, penna e buona volontà: forza, metti per iscritto queste domande e le tue risposte!

Toc toc, è permesso? Caterina e il coraggio di cambiare direzione

> Così fantasticavo sulle nostre vite intrauterine, verso gli otto anni. Ero certa di aver patito uno svantaggio primario che giustificava ogni mia debolezza.
>
> DONATELLA DI PIETRANTONIO, *Bella mia*

CATERINA è ancora giovane, ma già un po' troppo dimessa e riservata, di quella riservatezza che – ognuno di noi è arrivato a capirlo – rischia di trasformarsi a poco a poco in invisibilità. Caterina è una sopravvissuta: il terremoto dell'Aquila le ha portato via la casa e il lavoro, ma soprattutto Olivia, la sua gemella, quella più vivace, più bella, più affascinante. Quella che di certo invisibile non era. E se già era complicato rapportarsi con una sorella dalla perfezione così ingombrante da viva, figuriamoci cosa diventa averci a che fare da morta! Come se non bastasse, la defunta lascia in eredità proprio a lei, a Caterina, e alla vecchia madre, Marco, un figlio adolescente tutto spigoli e cuffie nelle orecchie.

E Caterina arriva a pensare che vorrebbe essere morta lei, al posto di Olivia. In fondo è da sempre che vive così, sotto le righe, si può dire che è un po' come se ci avesse fatto l'abitudine a non esistere, a essere morta.

Ma il lutto per la sorella e per la sua amata città è molto più difficile da caricarsi sulle spalle rispetto a quello silenzioso e costante con cui ha convissuto durante tutti i suoi giorni: il lutto per se stessa e per una vita che non è mai sbocciata.

Eppure...

Eppure a un certo punto qualcosa cambia. Forse perché quando ti sembra di non aver più nulla da perdere, ecco, quello è il momento esatto in cui ti dai il permesso di esistere davvero, a trecentosessanta gradi. L'istinto prende il sopravvento, e ti ritrovi a vivere.

È questo che capita a Caterina, attraverso il suo lavoro di ceramista, attraverso una maternità inizialmente imposta e poi sempre più sentita, sempre più forte; e, infine, attraverso l'incontro con un uomo che, per la prima volta dopo secoli, smuove qualcosa in lei. Come se Caterina dopo tanto tempo si guardasse allo specchio ed esclamasse con sorpresa: «Oh, toh, sono una donna! Me n'ero dimenticata!»

Il simbolo di questo cambiamento è un paio di scarpe rosso fiammante, che, come una novella Dorothy, indossa senza titubanza per il suo primo appuntamento.

Ecco, osserva bene questa donna nel momento esatto in cui si stanca di essere invisibile: guardala. Forse in lei non c'è niente di così radicalmente diverso rispetto a prima. Non è diventata più bella, come per magia – in questo libro di fate madrine non ce ne sono –, e di lei non si può proprio dire che sia stata fortunata, baciata dalla sorte, con una vita facile. Eppure... Caterina capisce che, contro ogni aspettativa e addirittura contro i suoi stessi desideri, è lei quella ancora viva, è lei quella che respira: ed è ora di concedersi di farlo fino in fondo.

Anche tu forse a volte hai camminato in punta di piedi, tenendoti ai confini di una relazione, quasi a non disturbare – o a non disturbarti. Aspettando fuori dalla porta di una festa e immaginando che tutti quelli che sono dentro a divertirsi possano permetterselo perché sono migliori di te, più fighi, più sicuri. Meritevoli di vivere emozioni, mentre tu aspetti, in un angolo, che tornino a raccontarti com'è andata.

Se avessi qua davanti a te Caterina, se non fosse fatta di carta ma di carne e ossa, ti capirebbe, ma potrebbe dirti che la sola differenza tra te e le altre persone è che loro si danno il permesso di viverle, quelle feste, quelle avventure banali e semplici di cui è fatta la vita di tutti i giorni.

Insomma, hai capito: è ora di darti il permesso. Arrampicati sulle scarpe rosse, due gocce di profumo ed esci. Apri la porta che ti separa dal mondo. Non hai niente di meno rispetto agli altri. Hai tante cose da scoprire, se solo ti prendi la briga di provare a farlo. E se poi, quando torni a casa, hai voglia di leggere, apri le pagine di *Bella mia*: lì c'è Caterina, che ti strizza l'occhio con complicità.

Scardina i tuoi schemi!

Matteo B. Bianchi, *Esperimenti di felicità provvisoria*

Mao, Marco, Elvis e Valentina sono i protagonisti di questo romanzo, quattro persone con un vissuto diverso che si incontreranno per caso, allacciando rapporti in continua trasformazione.

Mao si è da poco lasciato con la compagna, e non per sua volontà; Elvis, pubblicitario di successo, è reduce da un lutto che non ha ancora superato; Valentina, che è una scrittrice, vorrebbe provare a cambiare, mentre Marco, giornalista, ambisce a entrare in quel mondo letterario e culturale che lo affascina da sempre, e di cui è ancora ai margini. Un allegro Quartetto Cetra di desideri, delusioni e aspettative che si intrecciano sullo sfondo di una grande metropoli.

Infatti vivono tutti a Milano, la città dove ritmi e relazioni sono scanditi da un'operosità portata all'estremo, che spesso impedisce a donne e uomini di dedicare tempo a se stessi. È, in fondo, una città «da bere». E tutta, maledettamente, d'un fiato.

Quando in un contesto simile qualcosa giunge a turbare la nostra esistenza, il rischio è quello di sentirci costretti a tacitare tutto, andando avanti ed evitando di incappare in spazi di silenzio o intimità in cui essere obbligati ad ascoltarsi.

Ma i quattro protagonisti del libro, al contrario, scelgono una strada diversa: nel corso del romanzo affronteranno le loro difficoltà quotidiane e i loro dubbi esistenziali prendendoli di petto, senza mai fare finta di niente, ma, piuttosto, mettendosi in gioco sotto tutti i punti di vista.

Anche quando si trovano davanti a lati di sé che non si aspettavano, soprattutto in ambito relazionale e sessuale, restano aperti alla possibilità di cambiare idea persino sulla visione che hanno di se stessi, la cosa più sana ma anche più difficile che ognuno possa e debba fare! Perché la posta in gioco non è niente di meno che la felicità.

...e quindi?

«È che le cose succedono. Tu sei lì che ipotizzi la vita e la vita, intanto, ti accade.»

Ecco, tutto il senso del romanzo può riassumersi in questa citazione, breve ma piena di significato.

Spesso non ti rendi conto che ci lasciamo scorrere addosso un giorno dopo l'altro senza riuscire a coglierne il senso più vero. Finisce che diamo valore solo ai momenti negativi, quelli che ci toccano nel profondo lasciandoci tramortiti.

La chiave per uscire da questi terribili minuti di impasse non è altro che mettersi in discussione, scardinare i propri schemi e concedersi di provare a vivere la vita come vogliamo che sia, come l'abbiamo immaginata e desiderata a occhi aperti nella solitudine della nostra camera. E tu, ci stai pensando? Cosa ti blocca? Dove vedi il tuo freno a metterti in gioco?

Il rischio ti può sembrare enorme ma alla fine il risultato sarà la soddisfazione di sapere che ti sei data una chance, e che hai concesso a qualcosa di te, fino a quel momento sepolto, di uscire e risplendere in faccia al mondo.

Anche Andrea, la protagonista del *Diavolo veste Prada*, ha un po' di schemi da far saltare! Vai a dare un'occhiata alla scheda *Il tuo perfezionismo è un mito da demolire*, la trovi a p. 75!

Al centro la tua voce, il resto è solo rumore

Alessandra Montrucchio, *Cardiofitness*

Tre amiche per la pelle che condividono momenti di divertimento e riflessione, di consapevolezza e follia. Ognuna con la sua vita, ognuna rassicurata dall'idea di avere intorno a sé una rete di persone su cui contare. Ognuna in fondo con un vuoto da colmare.

Tra di loro Stefania, single, ventisette anni da poco compiuti, una laurea che le dovrebbe permettere di trovare un lavoro e il sogno di diventare una scrittrice.

Tra le tante attività che svolge insieme alle sue amiche c'è la palestra: un microcosmo in cui ognuno di noi, almeno una volta nella vita, ha messo piede. Una piccola galassia di attività rassoda-glutei e personaggi di vario genere, che riescono a essere misteriosamente simili a tutte le latitudini.

E proprio in palestra Stefania incontra Stefano, detto Tendina, che provocherà il turbamento dei sensi e del cuore della nostra eroina. Lei ama lui, lui ama lei, c'è solo un piccolo, trascurabilissimo dettaglio: Stefano ha quindici anni. Ops.

E no, non è solo un turbamento ormonale: nella storia con Tendina, Stefania rispolvera quella tenerezza, quel candore, che ciascuno di noi perde crescendo, che tutti rischiamo di non ritrovare mai più.

Torino, due ragazzi, tre amiche e una storia senza tempo. Al centro ciò che per molti è un dilemma e per moltissimi un tabù: l'amore e le sue leggi.

...e quindi?

Stefania si innamora di Stefano. Si innamora davvero. Ma giorno dopo giorno realizza che una relazione tra persone di età così differente, lui è addirittura minorenne, è impossibile.

Ma impossibile lo è davvero o c'è qualcuno, qualcosa che le impone questa sensazione? Quante e quali prove deve affrontare una giovane donna, quella che oggi verrebbe definita una *cougar* (anche se in realtà la vera *cougar* è un po' più grande) per permettersi di vivere i suoi sentimenti?

Leggi bene questo libro: la domanda che si pone è

molto più profonda di quanto sembra. Ancora una volta ci troviamo davanti all'eterno dilemma: possiamo permetterci di vivere con compiutezza quel che desideriamo? Siamo davvero liberi come sosteniamo di essere? Dove si insinua l'ostacolo, l'impedimento? Viene dall'esterno o è già dentro di noi?

A prescindere dall'approvare o meno la relazione tra una donna adulta e un adolescente tu cosa faresti se fossi nei panni di Stefania?

Riflettere sulla questione significa ragionare su tutte quelle volte in cui sei bloccata, vorresti davvero cambiare direzione ma non riesci a capire se quello che ti ferma è davvero un disagio che ti appartiene, frutto di tuoi ripensamenti e tue sensazioni, oppure un condizionamento esterno, che magari non condividi neppure ma dal quale non riesci a liberarti.

Come se la voce del tuo cuore e dei tuoi desideri fosse coperta dal rumore dei pareri degli altri. Riesci a isolare la tua voce in mezzo a tutto questo frastuono? Provaci, ciò di cui si sta parlando è la tua, e solo tua, felicità.

Sotto la corazza delle tue paure, lo splendore di quello che sei

Julia Glass, *Tre volte giugno*

Paul, Fenno e Fern, tre vite differenti eppure intrecciate, tre vicende che si svolgono in un arco di dodici anni eppure incredibilmente vicine. Per tre volte il mese di giugno li fotografa in momenti cruciali della loro vita e ci permette di scavare nel loro passato.

La prima volta in giugno è quella di Paul, vedovo da poco tempo, capofamiglia dei McLeod, che durante una vacanza in Grecia si prende una sbandata per l'artista americana Fern.

Il secondo giugno, sei anni dopo, quando Paul non c'è già più, è la volta di suo figlio Fenno, un omosessuale dal passato tormentato che si è trasferito a New York dove ha aperto la sua libreria al Greenwich Village.

L'ultimo giugno è quello di Fern, che abbiamo già conosciuto anni prima con Paul, colta in un momento di estrema difficoltà e profonda crisi. Sarà lei a chiudere il cerchio dell'intera vicenda, una vicenda di amore e morte, più vicina a ognuno di noi di quanto possa sembrare.

...e quindi?

«Sto solo imparando a vivere.» Questa brevissima battuta di Fenno rende con grande lucidità tutto il suo mondo interiore. E lui è senza dubbio il nostro preferito – sarà che il suo lavoro è quello del libraio? – il personaggio che non dovresti mai perdere di vista. Una volta trasferitosi a New York, conosce Mal con cui condividerà, dopo un'iniziale diffidenza, un'amicizia intensa e ambigua, anche a causa della paura che ha di lasciarsi andare e di vivere la propria vita secondo i suoi desideri, secondo la sua natura.

A volte il timore più grosso, nell'aprirsi al mondo, non è quello di essere rifiutati dagli altri, ma quello di trovarci faccia a faccia con aspetti di noi che non vogliamo vedere: in questo senso, gli altri sono uno specchio.

Ecco perché seguire la vicenda di Fenno, osservarlo scrollarsi di dosso quei timori atavici e un po' alla volta concedersi agli altri, riuscendo finalmente a deviare rispetto alla sua rotta consueta, sulla quale non aveva mai riflettuto veramente, potrebbe esserti di grande stimolo.

Hai riconosciuto le tue paure? Quelle che subito vengono a galla quando pensi di modificare qualcosa di te? La lezione di Fenno può servirti per scoprire che custodisci nascosta da qualche parte una miriade di possibilità, direzioni alternative e soluzioni inaspettate che potrai trovare appena sotto la corazza dei tuoi timori. Basta solo avere il coraggio di gettarla via!

Che le persone attorno a noi possano darci la forza e la voglia di cambiare lo sa bene anche la Sofia di Paolo Cognetti... Non stai nella pelle dalla voglia di conoscerla? Vai a dare un'occhiata a *Prendi in prestito gli occhi di chi ti vuole bene*, a p. 16, si parla di lei!

Un'avventura straordinaria: reinventare te stessa

David Herbert Lawrence, *L'amante di Lady Chatterley*

Siamo in Inghilterra, fine Ottocento: la nostra eroina è Constance Reid, detta Connie, che ancora giovane viene mandata, come era abitudine per i rampolli dell'alta borghesia e dell'aristocrazia, in viaggio per le capitali europee, per assorbire la cultura di quei luoghi e prepararsi per il ruolo di Lady che l'aspetta.

Al ritorno in Inghilterra – dopo un'esperienza che le ha insegnato, fra le altre cose, un po' di vita vera, regalandole le prime esperienze amorose – conosce un membro della bassa aristocrazia, Clifford, che tramite sfarzose nozze la farà diventare Lady Chatterley.

Ma il suo matrimonio si dimostra subito fragile, soprattutto a causa dei problemi con il marito che non riuscirà mai ad appagarla come donna, specialmente sotto le lenzuola.

Tipico caso in cui si dice che c'è da buttarsi sul giardiniere... E infatti è praticamente questo quello che accade: Constance avrà una relazione prima con Michaelis, un avventuriero irlandese di passaggio, e poi con l'affascinante e virile Oliver Mellors, il guardacaccia della tenuta di famiglia.

La loro sarà una relazione molto intensa e passionale che costringerà la donna a scelte estreme e fondamentali per la sua vita...

...e quindi?

Una volta chiusa in camera sua, si sentì ancora un po' disorientata e confusa. Non sapeva che pensare. Che specie di uomo era, in fondo? Aveva veramente simpatia per lei? Non molta, sentiva. Tuttavia, era gentile. C'era qualche cosa in lui, una sorta di calda e ingenua gentilezza, strana e improvvisa, che quasi costringeva il suo corpo ad aprirsi a lui. Ma sentiva che poteva usarla con qualsiasi donna. Pure, anche così, quella gentilezza aveva curiosamente il potere di calmarla e confortarla. E poi era appassionato, sano e appassionato. Forse non era abbastanza personale: poteva comportarsi con qualsiasi donna, come con lei. Non era un rapporto tra individui insomma. A guardar bene ella non era per lui che una femmina. Ma forse era meglio così. Dopo tutto egli era gentile con la femmina che era in lei, e nessun uomo lo era stato finora [...]. Egli invece non si interessava di Constance o di Lady Chatterley: si accontentava di accarezzarle dolcemente i lombi e le mammelle.

Non farti spaventare dalle etichette: questo romanzo non è *solo* un classico del genere erotico, e neanche semplicemente un grande classico un po' polveroso della letteratura inglese moderna. La sua protagonista è una donna come te, o forse come tu vorresti essere. All'avanguardia, libera e padrona di se stessa, che non ha paura di cambiare idea, rimboccarsi le maniche e reinventarsi, scegliendo quello che è il meglio per lei nel suo presente, senza farsi bloccare dalle lezioni del passato.

Constance, per vivere a pieno la relazione sentimentale e fisica con il suo Oliver, si prenderà le proprie responsabilità, concedendosi la possibilità di viversi questo amore a dispetto di tutto e tutti. Lui risveglia in lei una parte profonda e fondamentale: una parte che finora era rimasta nascosta, assetata di attenzioni e messa a tacere dalla convenienza. Rinunciare a Oliver diventa, per Constance, emblema di una resa ben più grave: la rinuncia al suo io più autentico. Quell'io che la relazione con lui ha fatto emergere, ma che era in realtà sempre esistito.

Ti è mai capitato di dover lasciar perdere qualcosa di così importante? Prova a metterti nei panni di Connie, prova a chiederti se anche dentro di te c'è un istinto addormentato che aspetta solo di essere svegliato. Non ti viene voglia di entrare in contatto con lui? E se, pagina dopo pagina, questo romanzo riuscisse a trasmetterti il coraggio di rientrare in contatto con quella parte segreta di te, permettendoti di reinventarti? In ogni caso perché non tentare?

Non è mai troppo tardi per invertire la rotta del tuo destino!

Haven Kimmel, *Zippy. Niente di meglio al mondo*

Haven, detta Zippy perché non sta mai ferma, è la terza figlia dei Jarvis, dopo Danny e Melinda. Il fratello grande se n'è già andato di casa, e quando pure la sorella decide di sposarsi, alla nostra eroina sembra crollare il mondo addosso al pensiero di una vita da figlia unica con i suoi vecchi e stanchi genitori nel piccolo paesino di trecento abitanti.

Ma Zippy non ci sta: è una peste, un maschiaccio, si dedica con avidità alla lettura e all'ascolto della musica, che la formeranno e la renderanno indipendente.

Il motore più forte del suo anticonformismo sarà però qualcosa che succede proprio all'interno della sua famiglia. Un venerdì pomeriggio, per l'esattezza. Di punto in bianco, la mamma – centoventi chili di donna – si alza dal divano e sceglie di iscriversi prima al liceo e poi all'università. Quando si dice le decisioni improvvise. E ce la farà! Insieme ai chili di troppo riuscirà a scrollarsi di dosso anni di pigrizia e condizionamenti: infatti non solo si laurea, ma impara a guidare il maggiolino e ottiene anche una cattedra come insegnante di inglese. La sua vita avrebbe potuto procedere esattamente identica e monotona fino alla fine dei suoi giorni, anzi è questo quello che pensava il mondo attorno e forse addirittura lei stessa. E invece l'unica cosa da fare era alzarsi dal divano!

...e quindi?

La famiglia di Zippy non ci piace molto, a prima vista. Zippy sì, ma lei è la mosca bianca: i suoi genitori ci sembrano, invece, persone un po' ottuse, quasi automi. Soprattutto la madre, che non esce quasi mai se non per andare in biblioteca a prendere libri in prestito. Noi la conosciamo così, ed è un po' un trauma quando improvvisamente, quel venerdì pomeriggio, prende e si alza. Decisamente qualcosa si è sbloccato. In seguito a quel gesto per lei tutto cambierà, in pochi anni riuscirà a terminare le superiori e persino a laurearsi con il massimo dei voti, diventando insegnante. Nessuno ci avrebbe scommesso, tranne forse lei stessa, ma solo da un certo momento in poi.

Per Zippy questo episodio sarà fondamentale e diventerà un esempio per rapportarsi alla vita e alle sue difficoltà con una grande forza e determinazione.

A un certo punto ci si deve permettere di vivere ciò che si desidera vivere, mettendo da parte ansie e paure che non fanno altro che bloccarci. Devi credere alle possibilità che la vita ti dipana davanti agli occhi, e non solo quando è facile: è, invece, soprattutto quando le cose sembrano ormai stabilite, ma tu senti che non ti stanno bene, che devi pensare che tu e soltanto tu puoi cambiare la rotta del tuo destino.

Pensaci bene: sei messa peggio della mamma di Zippy? Io scommetto di no. Ma la differenza principale è che tu sei ancora seduta...

Spesso è un grande dolore a immobilizzarci su un divano... O su una panchina, come succede al protagonista di *Caos calmo*. Sei incuriosita? Fai un salto in avanti, parliamo di lui a p. 187 in *Scegli il presente (e impara a scrollare le spalle)*.

FACCIAMO UN GIOCO?

Caterina si dà il permesso di vivere dopo un grosso lutto e ci riesce a piccoli passi senza perdere di vista il traguardo che si staglia alla fine della strada, quello del suo benessere. È su questi piccoli passi che dovremmo tutti riuscire a concentrarci, perché anche in una quotidianità meno tragica ti trovi spesso ad affrontare situazioni che necessitano di tutte le tue energie, e spesso ti costringono a mettere in secondo piano quelli che sono i tuoi desideri, piccoli o grandi che siano.

Quello che ti proponiamo è una piccola deroga al tuo autocontrollo: un gesto minimo ma che può avere un forte impatto su di te. Datti un budget, calibrato sulle tue possibilità: quello che importa non è l'entità della spesa, ma concederti un acquisto assolutamente frivolo e non necessario, che ti dia la soddisfazione di viziarti per un attimo.

Magari hai il feticcio della cancelleria, o adori le perline di ogni forma, sei drogata di fili da ricamo oppure il tuo tallone d'Achille sono i bignè: non ci sono limiti. Regalati il permesso di fare una piccola spesa inutile, prenditi la libertà di trattarti bene, chiudi gli occhi e imbocca un bivio immaginario che ti faccia deviare dalla tua realtà: è una piccola prova per dimostrarti che cambiare strada è sempre possibile. Il tuo acquisto ti ricorderà le scarpe rosse di Caterina, e con quelle il coraggio di reinventare se stessi.

Chi è la più bella del reame? Con Malena alla ricerca dello specchio giusto

Commettevo ancora la follia di obbedire al mio corpo e non mi sentivo colpevole di nulla.

ALMUDENA GRANDES, *Malena, un nome da tango*

LA nostra nuova eroina è Malena, protagonista dell'omonimo romanzo di Almudena Grandes, che inizia a presentarcela dall'infanzia e non la molla più fino all'età di trentatré anni, dandoci la possibilità di conoscerla e accompagnarla pagina dopo pagina. Da subito facciamo conoscenza anche con la sua cara sorella gemella, Reina, il suo opposto, il terrore di tutti i mari, o almeno di tutte le ragazzine insicure: diligente dove Malena è svagata, rigorosa dove lei è disordinata e creativa, ligia al dovere di fronte a ogni forma di ribellione della sorella. E non finisce qui: anche fisicamente, il corpo di Malena è, sin dall'infanzia, più vistoso, più eccessivo, mediterraneo nelle forme e nei colori. Reina è ovviamente bionda, ovviamente minuta, e ovviamente con gli occhi chiari, ed è pure un po' cagionevole. Insomma, anche se non si sta esattamente parlando di sorella bella/sorella brutta, Reina incarna quel tipo di bionditudine esile e delicata che da sempre tende a essere riconosciuta come più attraente.

Da bambine, sotto l'egida materna, vengono vestite uguali, con abiti che – guarda caso – stanno bene solo a Reina e mai a Malena. Ed è così che la nostra amica cresce sentendosi la più goffa, la più brutta, la più inadeguata. Sono certa che conosci questa sensazione, anche se non hai una sorella gemella: le nostre storie sono costellate di amiche più carine, compagne di classe più aggraziate, cugine bellissime. È la vita, baby.

A vent'anni, Malena ha un look tutto suo che pesca dal punk, dalla new wave, dai cartoni animati, insomma cerca qualcosa che la stacchi di netto dal modello tradizionale, e che le consenta di esprimere la sua personalità. È un look eccentrico che non la fa mai passare inosservata, ma che, allo stesso tempo, non la valorizza: ma a lei non importa. Non vuole essere bella, vuole essere indimenticabile.

Il cambiamento profondo avviene in lei quando giunge alla consapevolezza che il suo corpo non è solo un campo di gioco, ma può diventare il luogo di una forma di rappresentazione esteriore profonda: è come se, a un tratto, crescendo, in Malena scattasse il desiderio di abitare il suo corpo con una consapevolezza maggiore, non solo dal punto di vista dell'apparenza, ma proprio per quello che riguarda il modo in cui il suo corpo stesso la fa sentire.

Un giorno, per caso, Malena ritrova in un baule un vecchio abito da sera della zia Magda, simile a lei per costituzione e incarnato: prova a indossarlo e, magicamente, lo specchio le rimanda un'immagine in cui, forse per la prima volta, si riconosce davvero. E non è solo il vestito a essere quello giusto, ma anche lo specchio.

Troppe volte, come Malena, ti senti a disagio nel tuo corpo – e di conseguenza nei vestiti che indossi – perché ti stai riflettendo sulla superficie sbagliata: usi come specchio la tua amica del cuore, la pagina di una rivista, uno schermo televisivo.

Non è che di per sé l'immagine che ti arriva sia negativa, ma lo diventa per te, perché inautentica. Quella non sei tu! Se ci si abitua a pensare alla moda e ai canoni estetici come a qualcosa di prestabilito e inderogabile, si corrono due rischi: o si cerca a tutti i costi di uniformarsi a uno standard che, potenzialmente, non è il nostro, oppure si arriva a rifiutare in blocco la faccenda, come se occuparci del nostro aspetto esteriore fosse un crimine di superficialità punibile con la dannazione eterna o perlomeno l'esilio. Ed è questo, in fondo, il percorso di Malena, da un estremo all'altro.

Occuparsi del proprio aspetto, invece, fa parte di quella lunga lista di semplici atti d'amore che puoi compiere nei confronti di te stessa in maniera sana ed equilibrata. Osservati, lasciati ispirare da quella che sei e dalla versione ideale di te stessa, come fa Malena: anche nel sesso e nel rapporto fisico con un'altra persona.

Se un ragazzo ti sta accarezzando puoi star certa che non sta testando la consistenza dei tuoi rotolini né li sta contando uno per uno: prova affetto e desiderio, è invaso da questi sentimenti; tu non scattare come una molla neanche avessi una vespa nel reggiseno per mantenere la pancia piatta e le costole ben in vista! L'unico effetto che otterrai – controproducente – sarà quello di allontanare il tuo partner e rovinare l'atmosfera. Non iniziare a pensare al fianco levigato di Belén Rodríguez, flagellandoti per quella fetta di Sacher che hai mangiato qualche giorno fa! Non credi di avere qualcosa di meglio con cui occupare la tua testolina, specie se c'è un ragazzone lì di fronte a te?

Il tuo corpo funziona – e piace – esattamente come quello di qualsiasi ragazza da copertina: è probabile che questa marea di giudizi negativi non provenga davvero dall'esterno, ma da te. Il tuo fisico è lo strumento attraverso il quale puoi godere del mondo: non toglierti la possibilità di farlo. Prova, anziché denigrarlo, a guardarlo con gratitudine, pensando alle mille azioni che ti consente di fare quotidianamente. E a vederlo come il mezzo più immediato e prezioso che hai per dimostrare amore, in maniera tangibile, alla persona che ti sta accanto.

Trova il coraggio di essere bella

Jennifer Egan, *Guardami*

Charlotte è una modella di trentacinque anni, dalla carriera folgorante, ancora ben inserita negli ambienti in di Manhattan ma ormai già un po' in declino. Poi, la tragedia: mentre guida diretta al paesino della sua infanzia, da cui è fuggita ancora adolescente, perde il controllo dell'auto. Per miracolo è viva, ma per disgrazia sfigurata. Un dramma vero, soprattutto per una che sulle proprie fattezze ha costruito un mestiere. Grazie a un massiccio intervento di chirurgia plastica, riesce a recuperare la bellezza, anche se il viso che il dottore gentilmente le confeziona è ben diverso da quello che aveva. E con questa nuova faccia dovrà rituffarsi nel suo mondo, tentando di ricostruirsi un nome e una carriera.

Attorno alla sua altre storie si intrecciano, da quella di una ragazzina sua omonima coinvolta in una tresca con un professore mediorientale dagli oscuri segreti a quella di un detective privato che arriva a New York a interrompere la solitudine della nostra eroina.

...e quindi?

E anzi, capire quanto può ragionevolmente aspettarsi è la chiave della duratura circolazione della bellezza professionista, e richiede l'uso di un oscuro algoritmo le cui variabili sono la qualità del suo aspetto fisico, la sua docilità di carattere e ciò che è disposta, esattamente, a dare in cambio. Col passare degli anni, man mano che la perfezione del corpo e la novità del nome vanno scemando, conviene iniziare a coltivare altre doti. Ovviamente, l'esistenza della bellezza professionista era in genere l'anticamera a qualche forma di sistemazione più permanente, e quelle con un po' di buon senso si sposavano bene il prima possibile, mentre le quotazioni erano ancora alte...

Charlotte rimane sfigurata e solo grazie alla ricostruzione del suo viso le sarà possibile ritrovare il suo posto nel mondo. Non c'è da stupirsi: è una modella, e senza la possibilità di apparire, e di apparire bene, si ritrova improvvisamente priva di tutto quanto la definisce.

Eppure, senza aspettarselo, e senza che noi neanche ce lo aspettiamo, abituati a schemi più convenzionali, si renderà conto di come la sua bellezza naturale prima dell'incidente fosse l'emanazione di un vuoto che ora, dopo l'intervento di ricostruzione chirurgica, è stato riempito da una maggiore consapevolezza e da uno sguardo più acuto su di sé. Charlotte non smette di prendersi cura del proprio aspetto, perché riconosce quanto sia importante per la sua vita, e noi, anche se non siamo modelle, dobbiamo seguire il suo esempio: occuparci del nostro aspetto esteriore significa scegliere in maniera consapevole come vogliamo che il mondo ci veda.

La Charlotte dal volto ridisegnato è sorprendentemente più autentica della Charlotte originaria e questo le consente di ripensare tutta la sua vita, anche nei suoi aspetti più profondi, in una maniera che le è più consona, in un processo doloroso ma necessario.

E a te cosa dice lo specchio? L'immagine che vedi esprime quello che c'è dentro di te, quello che vuoi che gli altri conoscano, sin dal primo impatto, della tua natura?

Farti questa domanda è importante e può aprire davanti a te una strada entusiasmante e difficile: perché anche per essere belle ci vuole coraggio.

Puoi essere Cenerentola anche con qualche chilo in più (e una scarpetta numero 40)

Jennifer Weiner, *Brava a letto*

Cannie ha ventotto anni, è piacevole e spiritosa, ha un buon lavoro come redattrice di un quotidiano e relazioni sociali appaganti. Ed è single da tre mesi.

Una mattina la sua amica Samantha la chiama, dicendole di comprare con urgenza una rivista dove ha letto un articolo scritto dal suo ex, che parla proprio di lei.

E non in termini propriamente positivi: «Brava a letto. Amare una donna abbondante», questo il titolo del gentile intervento del suo ex amato Bruce, che non esita a descriverla come «grassa». E in effetti la nostra eroina – udite udite! – è proprio grassa. Aggiungendo palate di raffinatezza alla faccenda, il galantuomo racconta di come Cannie la cicciona sia una maga a letto, forse proprio per compensare con altre doti la sua fisicità imperfetta. Insomma, un lord, questo Bruce. Oltre che una gran vergogna, l'articolo provoca in Cannie una rabbia violenta, che la porta a meditare ossessivamente vendetta.

Ma nel frattempo la sua vita subisce un ulteriore scossone che la porterà a cambiare, a modificarsi, non solo in funzione della sua persona, ma anche di qualcun altro...

Un percorso di cui si renderà conto solo a cambiamento avvenuto, che le consentirà di guardarsi con occhi nuovi, lasciando da parte il fantasma descritto impietosamente sulle pagine di quella famosa rivista, che la perseguita, arrivando a quella che è poi l'unica vera soluzione possibile per stare bene con se stesse: amarsi molto di più.

...e quindi?

La protagonista di questo romanzo apparentemente «leggero» ti parla della capacità di ogni donna di rialzarsi dopo essere stata ferita e umiliata. È una Cenerentola dei giorni nostri, con i suoi chili di troppo e le sue paure quotidiane.

Non è semplice mettersi in discussione se sei stata derisa e colpita nei tuoi sentimenti e in ciò che sei, per non parlare di quando è la sfera sessuale a essere minacciata, e la tua bassa autostima ti impedisce di difenderti.

Cannie subisce un attacco personale molto forte, e pubblico, e solo quando si renderà conto di avere più di una ragione per trovare in sé un nuovo punto di partenza, potrà ricominciare con uno sguardo sul suo futuro.

È innegabile, la forza iniziale per reagire gliela dà il desiderio di vendetta, che forse hai provato anche tu molto spesso: va bene per darsi lo slancio, per partire, ma è un sentimento troppo negativo e focalizzato sull'altro per poterci accompagnare in un viaggio – sano – alla riscoperta di noi. Proprio come Cannie dovrà prendersi cura di sé e di ciò che sente di essere per poter affrontare questa nuova avventura, anche tu non dimenticare mai di mettere al centro della tua esistenza il tuo benessere, in tutte le sue forme. Ognuna di noi racchiude in sé una Cenerentola, che può essere amata anche oltre la sua ciccia da un Principe Azzurro nascosto da qualche parte: la chiave per stanarlo è però imparare ad amarci noi stesse per prime, senza farci demolire dal primo ex cinico di passaggio.

Sei alla ricerca della Cenerentola più divertente che ci sia? Corri alla lezione di Bridget in *Acrobazie sentimentali. Impara da Bridget l'importanza delle amicizie di sicurezza,* è a p. 99.

...E se il cambiamento partisse da fuori?

Kathleen Tessaro, *Elegance*

L'autostima di Louise, la nostra nuova eroina, è ai minimi storici quando la incontriamo: ha trentadue anni, ha dovuto rinunciare alla carriera di attrice e fa la cassiera in un teatro. Ironia della sorte, suo marito è un attore mediocre che non prova più attrazione per lei e sua suocera, un'ex modella, non fa altro che rimproverarla per la sua sciatteria.

Finalmente un giorno – perché prima o poi il giorno della svolta arriva – ecco comparirle davanti in una libreria di Charing Cross il libro di una certa Madame Dariaux, un trattato di eleganza scritto negli anni Sessanta. Sin dalle prime pagine Louise sente che le appartiene, che è giunto il suo momento: una vocina, riga dopo riga, sembra sussurrarle messaggi di incoraggiamento, suggerendole che la chiave della propria realizzazione risiede semplicemente nell'accrescimento dell'autostima.

E Louise inizierà a curarla e a nutrirla, questa vocina, e grazie al libro trovato per caso imparerà a ricostruire se stessa e a dare una svolta alla sua esistenza, scoprendo in sé doti inaspettate.

...e quindi?

«Quando la tua vita è uno sconcertante puzzle irrisolto, poche cose sono più confortanti che essere attorniati da compagni di viaggio che lottano come te.»

Da qualche parte si deve cominciare. Un libro può esserti d'aiuto e quello di Madame Dariaux si rivela un ottimo alleato per Louise, che riesce a cambiare radicalmente e a modificare la sua vita, dandole un nuovo senso, iniziando a prendersi cura di sé, lavorando sul proprio aspetto fisico per arrivare a trasformare l'idea ormai stantia che ha di se stessa.

Spesso non ce ne rendiamo conto ma, nei momenti di difficoltà, la tendenza a trascurarsi è fortissima e se vogliamo davvero cambiare rotta dobbiamo concentrarci di più su quell'apparenza che siamo abituati a considerare superficiale, soprattutto quando la nostra testa è piena di problemi più impellenti. In realtà anche quello è un aspetto che agisce nel profondo cambiando la concezione che abbiamo di noi stesse. Perché volersi bene è fondamentale e osservarsi allo specchio con occhio compiaciuto può aiutare notevolmente la propria autostima! Chi l'ha detto che un cambiamento radicale non possa partire dall'esterno? Un nuovo taglio o un vestitino di un colore che non hai mai indossato possono essere l'inizio della tua rivoluzione.

I mostri non esistono!

Chuck Palahniuk, *Invisible Monsters*

Shannon McFarland è una bellissima e giovanissima modella che sembra aver avuto tutto quel che si può desiderare dalla vita, a partire ovviamente da amore e carriera. Un giorno però, mentre sta guidando, il suo perfetto microcosmo viene mandato in pezzi. Da una fucilata, per la precisione (ma di chi sarà la mano che ha premuto il grilletto?). Il proiettile la raggiunge lasciandola sfigurata e incapace di parlare a causa della perdita della mandibola. Il resto è immaginabile: la bella si è trasformata in un mostro, un mostro invisibile, evitata dagli amici di sempre e tradita dal fidanzato addirittura con l'amica del cuore.

La svolta avviene nella clinica dove è ricoverata dopo

l'aggressione: lì Shannon incontra Brandy, una bellissima ragazza che si scoprirà essere un transgender in attesa dell'ultimo intervento per completare il suo cambiamento, la vaginoplastica. Brandy accompagnerà la protagonista in un viaggio fisico e simbolico attraverso gli Stati Uniti e, grazie a lei e alle verità che questo percorso le svelerà, Shannon scoprirà il modo di reinventarsi, capendo che niente e nessuno è quel che sembra a prima vista.

...e quindi?

> «Il modo migliore è di non combattere, lascia perdere. Non cercare sempre di aggiustare le cose. Quello da cui scappi non fa che rimanere con te più a lungo. Quando combatti qualcosa, non fai che renderla più forte.» Dice: «Non fare quello che vuoi». Lei dice: «Fai quello che non vuoi. Fai quello che sei allenata a non volere». Il contrario della ricerca della felicità. Brandy mi dice: «Fai le cose che ti spaventano di più».

Lo sappiamo, un libro come *Invisible Monsters* può stupirti per la sua «follia» e per la crudezza di molte immagini, ma noi amiamo le sfide e siamo certi che questo romanzo ti darà spunti importanti per lavorare su te stessa.

Per quanto siano distanti da te, dalla tua quotidianità e dalla tua esperienza, sia Shannon sia soprattutto Brandy sono personaggi indimenticabili, complessi, nei quali ti identificherai quando meno te lo aspetti.

Arrivando a vedere in maniera inequivocabile che prendersi cura di sé, perseguire la ricerca di un'esteriorità che ti piace e ti rappresenta, non significa perdere di vista la propria essenza e il proprio talento a discapito di valori effimeri e superficiali. Anzi, può essere l'inizio di un percorso che ti permetterà di riscoprirti ponendoti in una nuova prospettiva, in cui tu sei il centro. Quante volte ti sei sentita un mostro, senza avere neanche un millesimo dei motivi per cui la nostra eroina può pensarlo di sé? Eppure lei riesce a prendersi e portarsi in giro per l'America, in un viaggio di riscoperta di se stessa e della sua bellezza. Impara la lezione: i mostri non esistono, stanno solo negli occhi di chi li guarda. E se quegli occhi fossero i tuoi?

Nessuno ti può giudicare, nemmeno tu!

Karen Joy Fowler, *Jane Austen Book Club*

Jocelyn, Sylvia, Bernadette, Allegra, Prudie: cinque donne accomunate dalla passione per Jane Austen, che si ritrovano per commentare i suoi romanzi. E poi c'è Grigg, unico uomo della combriccola, un vorace lettore di fantascienza che è lì un po' per caso e un po' per Jocelyn.

Ognuna di loro ha la propria storia e ognuna di queste storie sembra, pagina dopo pagina, riflettersi con una misteriosa corrispondenza in uno dei romanzi dell'amata scrittrice: insomma, anche loro fanno libroterapia!

Jocelyn è una donna single, allevatrice di cani, inarrestabile e volitiva, ed è sua l'idea di fondare il club: l'amica di una vita, Sylvia, le ha confessato tra i singhiozzi che il marito vuole il divorzio, dopo trentadue anni di matrimonio! Quale miglior cura per un cuore spezzato – pensa Jocelyn – che la cara, vecchia Jane? A loro si unirà Prudie, insegnante di francese, che cerca di distrarsi dopo una grossa delusione; Allegra, la figlia lesbica e ribelle di Sylvia, che si è appena lasciata con la sua compagna, e Bernadette, la più anziana del gruppo, ma anche la più appassionata e, a dispetto di quello che dice l'anagrafe, avventurosa.

E poi c'è Grigg, fascinoso quarantenne che Jane Austen non l'ha mai letta e proprio per questo è importante, perché – maschio, cultore di fantascienza – diventa il punto di vista esterno e la voce fuori dal coro. Ma non solo per questo non dovresti perderlo di vista... Anche lui svolgerà un ruolo fondamentale negli intrecci fra le vite dei personaggi! Non ti spaventare, non è necessario amare o conoscere Jane Austen per godere di questo romanzo, al massimo *è probabile che questa lettura scateni in te la voglia di* avvicinarti all'opera della scrittrice... E in fondo che male ti può fare?

...e quindi?

Bernadette era la socia più anziana, aveva appena compiuto sessantasette anni. Di recente ci aveva comunicato la sua decisione di lasciarsi andare. «Non mi guardo più allo specchio», ci aveva confidato. «Peccato non averci pensato anni fa.»

Il personaggio di Bernadette è, nella sua eccentricità, quello che forse resta più nel cuore di chi legge. Diversi matrimoni alle spalle, ricca di aneddoti e aperta agli altri, a nessuno risparmia i suoi commenti sinceri ma lo fa con una grazia e una leggerezza tali da non risultare mai antipatica. È l'assenza pressoché totale di giudizio a rendere le sue osservazioni accettabili e benevole, anche se spesso un po' troppo dirette.

Smettendo di guardarsi allo specchio, Bernadette mette in pratica su di sé quello che è bravissima a fare con gli altri: sospende il giudizio. Perché può permetterselo: è giunta all'età in cui ci si conosce perfettamente, e andare al supermercato spettinata e con i calzini spaiati non incide negativamente sull'immagine che ha di sé. Sapendo chi è, e sapendo che cosa la definisce e la contraddistingue, Bernadette non fa fatica a riconoscersi anche in mancanza di una superficie riflettente. La sua personalità è talmente forte da consentirle di risultare attraente anche andando in giro con una vecchia vestaglia.

Che cosa puoi prendere da un personaggio così?

Il nostro consiglio non è quello di smettere di specchiarti, al contrario: è di usare questa rilassatezza nei confronti dell'aspetto per aggiustare in positivo il modo in cui ti approcci alla tua immagine riflessa. Anziché soffermarti sui difetti, cerca di vedere quelle cose che sono tue, e tue soltanto, e come emergono dal tuo modo di presentarti. Forse le rughette agli angoli della bocca dicono di te che ti piace ridere, le mani un po' ruvide che sei una grande lavoratrice, le cicatrici raccontano che hai vissuto. E se proprio qualcosa che vedi non ti va giù, perché non cambiarla? Ma con lo spirito giusto: quello di chi forse non si piace sempre, ma non si giudica mai.

Anche la signora Schiendieldorz, in un mondo tutto sottosopra, dovrà imparare a chiedersi di meno e ad accettarsi di più... Sei curiosa? Ok, puoi correre a dare un'occhiata alla sua storia a p. 79, nella scheda *Sii un buon capo di te stessa*.

Facciamo un gioco?

Sentirsi belle è una sfida continua e il rischio di confrontarsi con lo specchio sbagliato è sempre dietro l'angolo. Proprio come fa Malena per buona parte della sua vita: nel suo caso lo specchio sbagliato è la sorella Reina, opposta a lei non solo nel carattere ma anche e soprattutto nell'aspetto esteriore.

La svolta per lei avviene quando, dopo essersi emancipata dal modello imposto dalla madre, si avventura alla scoperta di uno stile personale, che la valorizza per la donna che è diventata.

Adesso apri il tuo armadio: che cosa dice di te? Ci sono dentro i tuoi colori preferiti, o prevale la scelta di tonalità neutre e facili da abbinare? I vestiti «da lavoro» occupano la maggior parte delle grucce o c'è anche spazio per cose che ti piacciono particolarmente?

È ora di fare una selezione, di liberarsi una volta per tutte di quei capi d'abbigliamento che non ti rappresentano più e che hai tenuto pensando «non si sa mai», che hai comprato sull'onda della moda o seguendo i consigli di una commessa volenterosa, ma che in realtà non ti fanno sentire te stessa.

E allora tira fuori il quaderno e scrivi una lista di aggettivi riferiti allo stile che vorresti. Portalo dietro ogni volta che vai a fare acquisti, ti aiuterà a ricordarti il riflesso che cerchi negli specchi che incontri, la te stessa che più ti piace e che vuoi costruire.

Zia Mame, o del farsi spazio (anche a costo di sgomitare)

> Vivi! La vita è un banchetto, e solo gli idioti muoiono di fame.
>
> PATRICK DENNIS, *Zia Mame*

QUANDO il piccolo Patrick rimane orfano e viene mandato a vivere dalla zia, non sa che cosa lo aspetta. Proviene da un mondo rigidamente maschile – il libro è ambientato nell'America degli anni Venti – e non solo non conosce ancora la sua stravagante parente ma non la può neppure immaginare.

Noi lettori incontriamo Mame in contemporanea al protagonista, e la vediamo, prima ancora che di persona, attraverso la sua casa, il folle ed eccentrico appartamento newyorchese, teatro di tante feste e ricevimenti.

Patrick viene accolto da Ito, il maggiordomo giapponese, braccio destro della zia nelle sue avventure, e lasciato ad aspettare mentre Mame si prepara – sta per iniziare una festa, organizzata da lei, che si è completamente scordata dell'arrivo del nipote.

Souvenir esotici, mobili opulenti e tantissimi libri: l'appartamento è ricco di suggestioni originali e inaspettate, che incantano e affascinano il piccolo adolescente, abituato ad ambientazioni austere e tradizionali.

Quello che scopriamo subito è che Mame è una donna fuori dai canoni: il maggiordomo (di orientali in America a quei tempi se ne vedevano pochi), i souvenir, che indicano una passione per viaggi in Paesi lontani, la ricca biblioteca, sintomo di una curiosità innata e ineguagliabile, soprattutto – è bene ricordarlo – per una donna di quell'epoca. Ed ecco che Mame fa il suo ingresso, elegante e fascinosa, affettuosa e un po' maliarda, ma mai in maniera caricaturale: è semplicemente la donna che nessuna, ai tempi, avrebbe osato essere, una creatura indomabile circondata di incanti che mandano in mille pezzi lo stereotipo femminile del suo tempo.

Quella di Mame è una tana lussuosa in cui sono ammesse solo le persone che lei ritiene abbastanza stimolanti da suscitare il suo interesse: non si fa scrupoli a selezionare chi si trova al suo cospetto, utilizzando parametri personalissimi: che si tratti di un soprammobile o di un fidanzato, Mame sceglie di avere intorno solo ed esclusivamente ciò che non la annoia, la intrattiene e la gratifica. Dopo la perplessità iniziale, Patrick non può che affidarsi a questo personaggio stravagante e sfaccettato, e lasciarsi risucchiare da un turbinio di avventure, perdendosi in un pazzo mondo e attraversando insieme a lei tre decenni di storia americana. Noi, d'altra parte, dobbiamo solo prenderlo per mano, con la speranza di perderci insieme a lui e imparare, come lui, la lezione di zia Mame. Sì, perché quello che ha da dire riguarda anche te.

Tante volte finiamo per circondarci di cose che sono utili ma non ci piacciono, o di oggetti che ci piacevano ma non ci rappresentano più, tendiamo ad accumulare, anche ricordi sgradevoli – c'è questa teoria diffusa che il ricordo è un po' come il maiale, non si butta via niente. E finiamo per abitare in spazi che non ci assomigliano. A tratti smettiamo anche di guardare quello che abbiamo intorno, non solo perché ci siamo abituati, ma perché a vedere il pastorello di ceramica regalo della nostra collega a Natale ci sanguinano gli occhi, quindi meglio distogliere lo sguardo. Bomboniere, sorpresine Kinder, penne che non scrivono, ombretti color malva usati una volta e pagati uno sproposito, motivo per cui non possiamo cestinarli senza affogare tra spasimi di senso di colpa. Oppure ci lasciamo guidare da quello che è chic e modaiolo, studiando le riviste di arredamento come se fossero manuali di sopravvivenza a un'invasione zombie, e non osiamo appendere l'orologio a forma di hamburger che ci piace tanto, nel timore che Paola Marella ci appaia di notte armata di gatto a nove code.

Ecco, tutto questo Mame non lo farebbe mai. Che sia la testa di una tigre impagliata – raccapricciante amenità molto in voga nel periodo in cui è ambientato il libro – o un vaso Lalique da un trilione di dollari, lei si mette in casa quello che le piace e la rappresenta, muovendosi fra le sue cose come una regina. Assolutamente certa del suo gusto personale, calpesta il raccapriccio altrui con assoluta nonchalance, creando, oltretutto, un ambiente che suscita ammirazione più spesso di quanto non generi ribrezzo. Quello che le importa è che la sua casa piaccia a lei: ed è quello che dovrebbe importare anche a te. Lo spazio in cui viviamo buona parte del nostro tempo – e questo vale anche per l'angolo di ufficio che ti appartiene, per il retro del tuo negozio o per la cucina di casa – può e deve ispirarci, metterci di buon umore, farci sentire accolte e protette quando siamo un po' in crisi. Per cui, per esempio, che senso ha tenere in bella mostra la foto del tuo ex dopo che si è dato alla macchia con la badante della nonna? Al massimo puoi usarla per giocare a freccette. Cosa che, puoi starne certa, Mame farebbe con estrema soddisfazione: perché non provare?

Padrona a casa tua

Daphne Du Maurier, *Rebecca la prima moglie*

Manderley, in Cornovaglia, è la magnifica tenuta dei de Winter, immersa in una vegetazione che cresce rigogliosa e soffocante.

Maxim de Winter, l'affascinante protagonista, è rimasto da poco vedovo della moglie Rebecca. Durante un viaggio a Montecarlo conosce una giovane dama di compagnia – di cui non sapremo mai il nome – e detto fatto la sposa, facendola diventare la nuova signora de Winter.

Giunta nella tenuta di famiglia, la poveretta si renderà immediatamente conto di quanto la presenza della prima moglie Rebecca sia ovunque, dal vivido ricordo che ne hanno i domestici, in particolare la crudele governante, la signora Danvers, alla casa stessa, che è intrisa del gusto dell'ingombrante defunta. E soprattutto nel rapporto con il marito.

Pagina dopo pagina veniamo risucchiati e morbosamente incuriositi dall'alone di mistero che gravita attorno alla figura di Rebecca, mentre il senso di inadeguatezza della nuova moglie, neppure degna di avere un nome, ci trascina sempre di più a essere partecipi delle sue avventure.

...e quindi?

Tutto a Manderley parla di Rebecca, che come un vero e proprio fantasma aleggia su ogni cosa. È soprattutto questo che soffocherà la giovane sposa, impossibilitata ad affermare non solo il suo status di nuova signora de Winter, ma la sua stessa personalità, il suo essere. È come se, in un modo sovrannaturale e mai esplicito, fosse proprio la casa a rigettare la presenza della donna, reclamando la sua antica padrona.

Dovresti leggere questo romanzo pensando a quanto il tuo spazio personale sia influenzato da quello che è stato e ora non è più. Quando finisce una storia, liberarsi di quanto ormai appartiene al passato per lasciare spazio al nuovo aiuta ad andare avanti, e a focalizzarsi su una nuova rappresentazione di se stessi.

Qui la protagonista, come Malena da giovane, si riflette nello specchio sbagliato... Non ti sembra che sua sorella Reina assomigli un po' a Rebecca? Torna a p. 39, al capitolo *Chi è la più bella del reame? Con Malena alla ricerca dello specchio giusto.*

Sentiti a casa... a casa tua!

Michael Ende, *Momo*

Non c'è niente da fare, con Momo è impossibile trattenersi e si esplode in una cascata di aggettivi. È un personaggio unico, meraviglioso, indimenticabile. Come minimo.

Una ragazzina di età imprecisata che, scappata dall'orfanotrofio dove viveva, si rifugia in un anfiteatro abbandonato ai margini della città.

Inizialmente gli abitanti dei dintorni si rivelano diffidenti nei suoi confronti, ma si capisce che allo stesso tempo sono incuriositi da lei, che un poco alla volta riesce a conquistarne l'affetto e la simpatia, stringendo dei veri e propri rapporti d'amicizia.

Momo ha una dote particolare, un talento incredibile e raro, che spinge i suoi concittadini a rivolgersi a lei quando sono in difficoltà, si tratti di una lite da sanare o di un dubbio da sciogliere: lei in realtà non fa altro che ascoltarli con così tanto interesse e attenzione che finisce con il non aver bisogno di dare consigli o suggerimenti per farli stare bene, perché quella semplice partecipazione emotiva li aiuta a risolvere i problemi in modo autonomo.

Ma poi, un giorno, ecco che arrivano i cattivi. E lo sono davvero, questi strani figuri, i Signori Grigi della Cassa di risparmio del tempo, che vogliono convincere le persone a economizzare il tempo, in realtà per impossessarsene. Ed è in questo momento che per Momo e la fedele tartaruga Cassiopea avrà inizio una memorabile avventura.

...e quindi?

> Perché come voi avete occhi per vedere la luce, e orecchie per sentire i suoni, così avete un cuore per percepire il tempo. E tutto il tempo che il cuore non percepisce è perduto, come i colori dell'arcobaleno per un cieco o il canto dell'usignolo per un sordo. Ma, purtroppo, ci sono cuori ciechi e sordi che, anche se battono, non sentono.

Il superpotere di questa bambina, che ti catturerà sin dalla prima pagina, è la capacità di rendere i luoghi che frequenta posti in cui sentirsi accolti e accettati. Fa piano piano esplodere di vita anche contesti abbandonati e diroccati, trasformandoli in punti di riferimento, dove essere abbracciati – in senso figurato ma anche letterale! – e confortati.

Wow, sembra un dono preziosissimo, quello di questa ragazzina. E se ti dicessimo invece che è un potere che hai anche tu e che dovresti deciderti a usare?

Il posto in cui allenarti, quello che ne ha più bisogno, è il Luogo con la «L» maiuscola, casa tua: ricorda quanto sia importante che rispecchi il tuo spirito e il tuo stato d'animo! Renderlo consono a ciò che sei, liberandolo da ciò che non ami, ti può avvicinare maggiormente a te stessa e magari farti decidere per un cambiamento importante della tua persona e della tua vita. Proprio a partire dallo spazio che ti circonda.

Una stanza tutta per te

Charlotte Brontë, *Jane Eyre*

È inutile girarci intorno: Jane Eyre ti si conficcherà in qualche punto del cuore o della mente, o addirittura del corpo, e da quel momento non ti abbandonerà più, immortale come solo le eroine di carta possono essere.

Orfanella, viene accolta con affetto dallo zio – ma non altrettanto dalla di lui moglie e dai cugini – che però muore improvvisamente e non fa in tempo ad adottarla, condizionando così gli anni a venire della giovane, che dopo aver subito le angherie della zia, verrà sbolognata a un severissimo istituto per fanciulle senza famiglia.

Qui Jane, affrontando difficoltà, vessazioni, distacchi emotivi (un nome su tutti, non dimenticarlo quando la incontrerai: Helen Burns), studierà, realizzando la sua ambizione di diventare insegnante e rendendosi così indipendente e pronta ad affrontare il mondo.

E così troverà un'occupazione come istitutrice presso la dimora di Thornfield Hall, di proprietà della nobile famiglia dei Rochester, dove insegnerà ad Adele, la figlia adottiva del misterioso padrone della tenuta. E sarà proprio lui a dare filo da torcere alla nostra eroina, e pure a te, noi ci scommettiamo... Proprio per questo non ti sveliamo di più!

...e quindi?

Jane Eyre è una donna intensa, intelligente, arguta, consapevole: una donna moderna.

Ascolta ciò che ti dice, pagina dopo pagina. Accogli il suo modo di affrontare l'esistenza, immedesimati nella sua figura, ti renderai conto di quanto può dire al tuo cuore e alla tua mente. Nonostante l'escalation di sfighe attraverso le quali si trova costretta a passare.

A un certo punto Jane dovrà affrontare le conseguenze di una rivelazione che la minerà nel profondo e che la costringerà a prendere una decisione difficile.

E la chiave che troverà per andare avanti sarà l'insistere nella ricerca di quello che poi le è sempre mancato, come orfana raminga di casa in casa: un posto che possa essere suo, dove rifugiarsi, raccogliere le forze e riflettere senza intrusioni. Quello che tu hai già ma che forse a volte dai per scontato. Guarda casa tua con occhi diversi e inizia a prenderti cura – o a crearla se non ce l'hai – di quella famosa stanza tutta per te, uno spazio conquistato e costruito da dove poter ripartire.

...La casa dov'è?

Audur Ava Ólafsdóttir, *La donna è un'isola*

Quanto è strano questo romanzo... a partire dall'ambientazione, l'Islanda, una terra così lontana da noi, luogo di elfi e folletti, di notti infinite e paesaggi spettacolari. E poi c'è la protagonista – di cui non conoscerai mai il nome (anche per aiutarti a immedesimarti in lei?) – sposata da diversi anni, di professione traduttrice. Ha appena consegnato a domicilio un manoscritto e ha deciso di allontanarsi definitivamente dal suo amante.

Ma pure suo marito deve aver riflettuto quel giorno, perché rientrando a casa le comunica la sua intenzione di lasciarla, perché la sua, di amante, è in attesa di un figlio: quando si dice il pacchetto completo, direttamente recapitato a casa tua e senza spese di spedizione.

E allora la nostra amica cosa fa? Be', vince due volte alla lotteria e parte per l'Islanda dell'est, ma non da sola. Con lei un improbabile compagno di viaggio, Tumi, figlio di una sua scombinata amica che presto imparerai ad amare. Tipo strano pure lui: quattro anni, rachitico, svariati apparecchi acustici arrampicati sulle orecchie e un modo di esprimersi tutto suo. Quel che succederà a questa bizzarra squadra lo devi scoprire da sola, anche perché si tratta di pagine troppo strambe e divertenti perché noi ci azzardiamo a riassumertele!

...e quindi?

Non si può rimanere indifferenti alla reazione che la protagonista di questo romanzo ha quando il marito le confessa non solo il tradimento, ma anche il fatto che sta per diventare padre.

Il suo atteggiamento è freddo, distaccato: appare emotivamente poco coinvolta, sembra davvero che non gliene freghi più di tanto. E in fondo non ne avrebbe motivo, visto che anche lei ha tradito, e più volte.

E allora cosa fa? Osservando la propria reazione capisce che quella che chiamava casa non lo è più, nel senso che non è più un posto dove si sente se stessa, dove è circondata da ciò che le importa davvero. E inizia un cammino che, ora lo capiamo, è proprio alla ricerca di un nuovo spazio in cui ricollocarsi, ma non solo fisicamente. Durante questo on the road tutto sarà rimesso in discussione, persino l'idea della maternità che non aveva mai preso in considerazione. La nostra amica viaggerà e viaggerà ancora, sapendo che il luogo giusto dove fermarsi sarà soltanto quello in cui troverà la pace interiore, intesa come capacità di accettare la vita per come è andata fino a quel momento, e di aprire le braccia per accogliere quello che verrà.

E tu? Hai riconosciuto il tuo luogo di appartenenza, quello che potrebbe diventarlo, in cui dare forma ai tuoi desideri, ai tuoi sogni, a ciò che sei? È forse ora che anche tu intraprenda un viaggetto alla ricerca di casa tua?

Costruisci il tuo habitat

Grégoire Delacourt, *Le cose che non ho*

Jo, Jocelyne, conduce una vita «normale». È sposata con Jo, Jocelyn (!), da molti anni, lui che è stato il suo primo amore, lui che è il padre dei suoi due figli ormai adulti.

Gestisce una piccola merceria ma purtroppo, a causa della crisi che imperversa, fatica a sbarcare il lunario: per distrarsi e gratificarsi, cura un blog molto seguito in cui parla di tutto ciò che riguarda fili e tessuti.

Soffre ancora per la morte della madre, avvenuta molti anni prima, e si prende cura del padre malato di Alzheimer.

E sogna. Sogna di vincere una somma al superenalotto che le possa permettere di cambiare radicalmente la sua vita, privandola di preoccupazioni e pensieri e arricchendola di tutto ciò che potrebbe rendere felici i suoi cari e magari anche lei. E scrive lunghe liste zeppe di quei desideri.

E poi, colpo di scena. Jo vince diciotto milioni di euro: quel che si chiama lieto fine… o no?

...e quindi?

...La mia ultima lista... Rifarmi il guardaroba (porto la 42 adesso!)... Una casa con un giardino e una terrazza da cui si vede il mare, a Cap Ferrat, dove papà starà bene. Soprattutto chiedere il prezzo, staccare l'assegno con disinvoltura...

Jocelyne dovrà affrontare diverse prove dopo quell'inattesa vincita.

Sì, è vero, suona irrealistico: siamo abituati a pensare che una grossa somma di denaro abbia il potere di cancellare con un colpo di spugna tutte le difficoltà che ci attanagliano nel quotidiano. Ma per Jo, che pure desiderava quei soldi, e ne aveva bisogno, non va esattamente così.

Non sarà un percorso semplice per lei, anzi. Ma un po' alla volta, anche con fatica, riuscirà a recuperare un suo spazio, a darsi un valore, in poche parole a celebrarsi. Anche senza grosse somme di denaro, uno dei doveri che hai verso te stessa è proprio quello di fare attenzione all'habitat che ti costruisci: credimi, non c'è bisogno di molto. La parte più difficile è iniziare a tenere in considerazione lo spazio in cui vivi non solo come un luogo fisico e necessario per ragioni ovvie, ma proprio come un posto tuo, che deve farti sentire accolta, e non oppressa. Non è un caso se, da sempre, viaggiare – ovvero allontanarsi dai nostri problemi – ci aiuta a rimettere in prospettiva le cose, e, quando torniamo, a modificarle.

Leggere la storia di Jocelyne può aiutarti a riflettere su tanti temi che toccano la tua esistenza ma soprattutto sull'importanza di non mettersi mai da parte.

La ribellione può partire anche da casa tua

Marie-Aude Murail, *Miss Charity*

Quando la incontriamo per la prima volta, Charity, detta Cherry, ha cinque anni e ha appena salvato, adottandoli, alcuni topolini, che diventano oggetto delle sue osservazioni scientifiche. La bimba si è costruita un suo spazio al terzo piano, quello della servitù, del palazzo superborghese in cui vive con la sua famiglia. Eh già, Charity Tidder è una bambina, poi ragazzina e poi giovane donna, della buona borghesia inglese di fine Ottocento, che dovrà affrontare tutti i pregiudizi culturali di un'epoca in cui erano ammesse solo donne soprammobile, preferibilmente mute. Alla maniera delle eroine di Jane Austen, anche questa ragazza si ribellerà, lottando per trovare il proprio posto in un mondo che sembra non volerla considerare.

...e quindi?

Charity ha in sé intelligenza, curiosità e soprattutto grande forza di volontà. Queste caratteristiche la aiuteranno a sviluppare il suo sogno e renderlo reale.

Il suo interesse per le scienze, per la lettura, per il

disegno la formeranno e fortificheranno, permettendole di superare i confini del ruolo al quale sembrava obbligatoriamente destinata, quello di madre e donna di casa.

Tutto questo viene rappresentato in modo vivido nella descrizione dello spazio che si costruisce nei piani alti della sua ricca abitazione: pur essendo quella la sezione della casa in teoria riservata al personale di servizio, e quindi meno confortevole e sontuosa, è in realtà il luogo dove Charity si sente più a suo agio e libera di esprimersi, in quella che è anche una metafora del suo voler essere libera dalle costrizioni sociali del suo ceto. Scegliendolo in maniera spontanea, nell'innocenza dell'infanzia, lì avrà la possibilità di concretizzare ciò che è e vuole diventare.

E tu? Cosa ne pensi? Riesci a trovare il posto che fa per te anche al di là delle convenzioni sociali?

Ti sei appassionata a queste eroine inglesi in ribellione contro una società che le vorrebbe relegare in un angolino? Fai un salto indietro, parliamo di quello che combina Lady Chatterley a p. 32, in *Un'avventura straordinaria: reinventare te stessa*.

Facciamo un gioco?

La casa di zia Mame è folle ed eccentrica: rispecchia perfettamente il carattere della sua proprietaria. A dispetto del fatto che possa piacere o non piacere a chi ci entra, è il teatro adatto alla rappresentazione continua della vita di questa donna straordinaria.

Ti ricordi, nel capitolo *Chi è la più bella del reame? Con Malena alla ricerca dello specchio giusto*, il lavoro che ti abbiamo consigliato di fare sul tuo guardaroba? Bene, è ora di allargare i tuoi confini. La tua casa o, se abiti con altri inquilini, la tua stanza, devono parlare di te e rappresentarti per quello che sei.

Via tutto quello che non ti piace e tieni perché te l'hanno regalato o perché potrebbe essere utile: una cosa brutta non è mai utile allo spirito! Metti via anche tutte quelle cose che appartengono a un passato non proprio sereno, che ti ricordano persone o situazioni che preferiresti non avere sotto gli occhi nel quotidiano. Butta, dona o vendi: così ci puoi anche guadagnare qualcosa e usare quei soldi per comprare altro che ti piace davvero.

Che cosa devi scrivere in questo caso? Una lista di cose belle che puoi acquistare, fare o progettare per migliorare lo spazio in cui vivi. Sul quaderno puoi anche incollare foto e immagini di oggetti che ti ispirano e che vorresti ti rappresentassero in questo nuovo luogo, più tuo.

Emma Morley
o della (im)perfezione

Forse era condannata a essere una di quelle persone che passano la vita *a provarci.*

DAVID NICHOLLS, *Un giorno*

EMMA Morley è una tipa che ci prova. È la classica brava ragazza, figlia della middle class britannica, che trova facile e stimolante il suo percorso scolastico, si laurea brillantemente, e poi altrettanto brillantemente si arena appena finiti gli studi, in bilico tra il desiderio di continuare a fare qualcosa di interessante e creativo e la necessità di pagarsi l'affitto – se non vogliamo contare anche l'eco materna interiore che le ricorda l'importanza del posto fisso.

Per anni, Emma insegue se stessa attraverso una serie di occupazioni che non le piacciono e relazioni che non la soddisfano perché, livellandosi sul più basso, ha la sensazione di poter tenere le cose sotto controllo. Emma è brava, è capace. E anche assolutamente insicura rispetto alle sue reali potenzialità. Non riesce proprio a vedersi, a guardare oltre l'immagine un po' stantia e caricaturale che, negli anni, ha plasmato di se stessa.

Ed è proprio questa sua insicurezza che si trasforma in necessità di essere perfetta, obiettivo irraggiungibile (ma la perfezione, poi, esiste?) che la condanna a un destino di mediocrità. Fino a un certo punto, però.

Emma Morley è l'esempio ideale per seguire un percorso di cambiamento. È impossibile non amarla e non riconoscersi in lei per molti aspetti. C'è una cosa di Emma che devi sapere: è innamorata di Dexter, lo è da sempre, e non smette di esserlo per tutto il libro, nonostante, in qualche modo, arrivi ad accontentarsi della loro amicizia, che è comunque profonda e coinvolgente. Accantonato per cause di forza maggiore questo amore, Emma si rifugia fra le braccia di Ian: suo collega al ristorante in cui fa la cameriera, comico fallito, bravo ragazzo – questo dobbiamo riconoscerglielo – ma noioso come la morte, dobbiamo riconoscere anche questo! Emma stessa non capisce di preciso come e perché si è ritrovata in questa relazione, né lo comprendiamo noi, leggendo: eppure, a mano a mano che la vicenda prosegue, iniziamo a vedere come Ian sia, di fatto, il pezzo che si incastra perfettamente nel puzzle grigino che la vita di Emma sta diventando. Lei non è una persona mediocre, ma, nel tentativo di aderire a un ideale standard di «sicurezza» – la casa comprata, il lavoro garantito, il fidanzato prevedibile – finisce con il condannarsi a un'esistenza da elettroencefalogramma piatto. Paralizzata dal timore di fallire, si è ritagliata uno spazio angusto in cui agire, dal quale può tenere sotto controllo ogni singolo aspetto della sua vita. In quel cantuccio, tutto va come deve andare: peccato che quel «tutto» non sia minimamente ciò che Emma davvero desidera nel profondo.

È inutile negarlo: troppe volte l'ansia di essere perfetta ti si ritorce contro, impedendoti di scegliere con più spontaneità, correndo anche il rischio di sbagliare, bloccandoti su dettagli inutili, quando quello che conta davvero è vivere la tua vita giorno dopo giorno, andando incontro ai tuoi desideri. Ed è proprio questo che Emma, a un certo punto della sua vita, decide di fare. Cambia prospettiva: si mette in gioco per quelle che sono le sue capacità, smettendo di avere paura o, meglio, imparando a controllarla.

Quella paura la conosci bene anche tu, è la fedele compagna di ogni tua prima volta, fosse anche una lezione di danza Bollywood. Lo so, appena provi a muoverti a ritmo ti senti un cetaceo spiaggiato, ti sembra che tutte siano più brave di te, ma, ehi, rilassati, è la prima lezione! Devi ancora imparare! E poi magari non sarai mai bravissima, ma ti divertirai da pazzi, e questo sarà poi, in fondo, quello che porterai a casa da quest'esperienza. E in amore è la stessa cosa: non potrai essere sempre Dita Von Teese, Antonella Clerici e Rita Levi Montalcini in un unico corpo. Questo non vuol dire che il tuo partner sarà deluso e disgustato: più semplicemente, imparerà a vedere quella che sei davvero, e, se capirà che gli piaci, gli piacerai davvero, indipendentemente da tutto.

Proprio come capita a Emma, che, correndo il rischio

di essere imperfetta, vedrà arrivare nella sua vita proprio ciò che desiderava di più, e che non si era nemmeno più data il permesso di aspettarsi.

Il tuo perfezionismo è un mito da demolire

Lauren Weisberger, *Il diavolo veste Prada*

Andrea Sachs ha ventitré anni, è fresca di laurea e pronta a inseguire testardamente il suo sogno di diventare una scrittrice. All'inizio tutto sembra semplice: dopo un colloquio presso *Runaway*, una delle più prestigiose riviste di moda del mondo, le viene offerta la possibilità di svolgere il ruolo che lei desidera – anche se a essere sinceri il desiderio era quello di scrivere, non necessariamente di *scrivere di moda*. Diventerà quindi l'assistente personale della direttrice del giornale, Miranda Priestly, icona planetaria, trend-setter e modello di gusto ed eleganza, nota soprattutto per il suo carattere severo e impossibile.

Se Andrea riuscirà a sopportare, per un anno intero, le bizze di Miranda, il posto sarà suo.

Come rifiutare? Ah, beata incoscienza! Quello che Andy non sa è che Miranda è completamente pazza. E che il mondo della moda è spietato: se in un primo momento il fatto di non aver mai ambito a farne parte la protegge, a poco a poco tirerà fuori tutte le sue insicurezze, facendo scattare in lei un meccanismo perverso per cui, pur di essere all'altezza, si farà fagocitare da un vortice sanguinoso fatto di Chanel e frappuccini.

Infatti inizierà per la giovane un anno difficilissimo in cui, se da un lato migliorerà molto professionalmente, dall'altro rischierà di perdere altrettanto della sua persona, anche in termini di affettività e relazioni: a cominciare dal fidanzato, la migliore amica e, per completare il quadro, i genitori.

Ma il destino è sempre in agguato e Andrea scoprirà come fargli fronte.

...e quindi?

Quest'anno, cruciale per Andrea, diventerà allo stesso modo importante per te, se solo saprai osservare la nostra eroina, che lo affronta con una caparbietà e una forza di volontà che la porteranno a ottenere dei cambiamenti notevoli, ma a che pro?

Tra l'altro, essendo *Runaway* un giornale di moda, a essere messa in dubbio continuamente non è solo la sua professionalità, ma anche la sua estetica, il gusto personale, il modo di vestire.

Al termine di questo estenuante percorso, ormai completamente trasformata, si renderà conto di brillare di una «perfezione» che però non è la sua, non è ciò che veramente la rappresenta. Realizzerà che questa supposta perfezione la sta allontanando sempre di più dal suo sogno e da tutte le persone che ama. Eccolo, il sacrosanto momento di crisi, in cui, domanda dopo domanda, vengono demolite le certezze imposte che campeggiano nella tua vita, e lasciano alla parte più vera di te lo spazio di emergere. E tu, sei sicura di non avere muri da demolire?

...Anche Stefania di *Cardiofitness* ti ricorda sempre di ascoltarti. E tu ti ricordi di lei? Vai a dare un'occhiata alla scheda *Al centro la tua voce, il resto è solo rumore*, la trovi a p. 28.

Esci dal guscio, scopri un mondo a colori!

Peter Cameron, *Quella sera dorata*

Omar Razaghi, un giovane laureato in letteratura inglese, decide di scrivere una biografia sul suo scrittore preferito, il suo mito, Jules Gund, morto suicida qualche anno prima.

Questa pubblicazione gli servirà per poter accedere alla carriera accademica, o almeno è su questo punto che fa leva l'amorosa nonché ambiziosa fidanzata Deirdre. Decide così di inviare una lettera alla Fondazione Gund per ottenere il permesso di accedere a tutti i documenti che possono essergli utili per il libro.

La risposta è negativa perché dietro alla fondazione si celano gli eredi del defunto autore: Caroline, la vedova, Adam, il fratello, Arden, l'ultima giovane compagna dello scrittore, e Portia, sua figlia. Le due donne e la bimba vivono insieme in una tenuta uruguayana e, a poca distanza da loro, Adam.

Armato di una faccia di bronzo piuttosto spavalda e di una fede cieca e incrollabile nella validità di quello che sta facendo, Omar decide di sfidarli e si presenta in Uruguay pronto a convincerli della validità del suo progetto.

Quanti volti può avere l'ambizione, e quanti invece ogni singolo personaggio che troviamo sui nostri passi? Seguire le avventure di questo giovane e appassionato protagonista potrà svelarti quanto grande sia in realtà questa domanda. E in che misura ti riguardi da vicino.

...e quindi?

> «Ma, non so, sto solo cercando di... di mettere un po' di ordine, di trovare una stabilità e a quel punto spero di riuscire a essere più libero».
>
> «Be', ma una volta che avrà trovato una stabilità sarà incatenato. La stabilità diventerà un'ancora, una zavorra. No, è questo il momento di liberarsi di tutto, prima che sia troppo tardi».

Questo romanzo ti sarà utile e i suoi personaggi ancora di più, perché ognuno rappresenta un modo di vedere e relazionarsi con se stessi e con la vita.

Per esempio, sia Omar sia Caroline si trovano costretti a modificarsi, mettendo da parte gli schematismi troppo rigidi per lasciar posto a un nuovo modo di sentire e di essere. Omar mettendosi alla prova e sconfiggendo le sue paure, Caroline uscendo dal ruolo di vedova algida e distante che la stava imprigionando. In qualche mese devono rompere lo schema del perfezionismo che ritengono essere l'unico modo per potersi sentire adeguati. Devono uscire dal loro guscio, per scoprire l'esplosione di colori e libertà che è il mondo. E tu? Cosa hai da dire sul tuo guscio? Perché ce l'hai anche tu, certo che ce l'hai, ed è molto meno indistruttibile di quel che credi!

Sii un buon capo di te stessa

Marco Lazzarotto, *Le mie cose*

Svegliarsi nel cuore della notte dopo aver subito l'ennesima aggressione dei Dubby, animaletti che si attaccano ai capelli, non è piacevole per la signora Schiendieldorz.

Madre di due figli, Ivar e Poäng (sì, si chiamano come i mobili dell'Ikea!), stressata e con ansia da prestazione, è separata dal marito, un famoso Vomitista (scoprirai che vuol dire), e lavora come giornalista nella redazione della rivista femminile *Le mie cose*, in edicola ogni ventotto giorni.

In una Torino di un prossimo futuro, dove il Lingotto – la sede della Fiat – è diventato un cimitero all'interno del quale i defunti possono essere, tra le varie opzioni, caramellati, dove in tv sono in corso i casting per un nuovo talent i cui protagonisti sono esclusivamente tossicodipendenti, la signora Schiendieldorz combatte la sua lotta quotidiana in uno stato di continua pressione e ansia.

Un mondo fantastico e surreale, un universo lontanissimo dal nostro eppure in grado di permettere a un dubbio di farsi strada nella mente di chi legge: quante delle pressioni che subiamo sono indotte dall'esterno e quante invece ci appartengono in maniera innata? Eh, sì, non stiamo più parlando della signora Schiendieldorz adesso...

...e quindi?

Pagina dopo pagina ti troverai al cospetto di una delle magie della letteratura: costruire mondi fantastici e impensabili ma inscenare al loro interno situazioni in grado di chiamare in causa in prima persona ogni lettore. La protagonista, per esempio, al di là del nome astruso e dei particolari assurdi che costellano la sua vita, altro non è che una donna in continua lotta con se stessa, che tenta disperatamente di essere ciò che il mondo si aspetta da lei e che corre il rischio di autodistruggersi.

Ti sembra ancora così lontana? Non capita lo stesso anche a te? Sono le aspettative degli altri a essere alte o sei tu che pretendi da te stessa sempre le performance migliori, a danno della tua serenità e del tuo vivere bene? Siamo sempre pronti a etichettare i nostri capi come troppo esigenti, ma rifletti: se dovessi dare un giudizio sulle pretese che hai su te stessa non useresti forse lo stesso aggettivo?

La carriera, i figli, il matrimonio: sono tutte cose importanti e meravigliose, ma il rischio è di farle diventare una zavorra che ti porti dietro, senza riuscire neanche più a godertele perché sei troppo preoccupata di essere sempre all'altezza della situazione.

Non pensi che ci possa essere una via di mezzo adeguata? Non pensi che sia giusto lasciare da parte il perfezionismo quando diventa costrizione?

Quanto è difficile avere il coraggio di confessare agli altri le proprie debolezze? Fai un salto alla scheda *Supera i tuoi limiti, scopri la tua forza*, a p. 174, troverai un campione pronto a raccontarti la sua storia.

A volte quello che conta è rimanere in sella (al diavolo la postura da amazzone!)

Giusi Marchetta, *L'iguana non vuole*

Emma ha ventotto anni e ha lasciato Napoli per trasferirsi a Torino, dove ha ottenuto una cattedra come insegnante di sostegno. Se non potete immaginare due città più diverse fra loro, avete centrato il punto. Perché la Torino di Emma è fredda, gelida, è una stanza in affitto, una realtà tutta nuova e molto ostile con cui confrontarsi.

Casa sua le manca, come le manca il compagno Gianni che ha lasciato per il lavoro. Però, al tempo stesso, questa supplenza le sembra quasi un dono divino: dopo anni di precariato, visto che il sistema scolastico sta come sta, Emma finisce con il sentirsi poco meno che una miracolata. Assunta. Non in cielo ma quasi. Che poi, fino a questo momento, lei ha sempre lavorato sodo, studiando un sacco e raggiungendo ottimi risultati. Non proprio una che non ha fatto niente per essere assunta quindi, in cielo come a scuola!

A Torino inizia a insegnare in una scuola superiore seguendo un ragazzo, Andrea, gravemente autistico: sarà l'inizio di un anno scolastico lungo e difficile che la metterà in discussione sotto ogni punto di vista.

...e quindi?

> «Perdonami, Gianni. È stata la paura a decidere tutto, sempre. Ho fatto del mio meglio per essere forte, affrontare le cose; sono riuscita solo a correre più velocemente, a evitare che mi prendessero. Ma è una corsa truccata: non ho speranze».

Emma ha costruito la sua vita universitaria inseguendo il sogno di diventare un'insegnante motivata, preparata, capace. Purtroppo quando dalla teoria passerà alla pratica, si renderà conto che la realtà scolastica è molto diversa da come se la immaginava.

E dovrà rivedersi e rivalutarsi accettando anche le parti di sé non propriamente perfette.

Ti è mai capitato? Non ti è mai successo di piombare in una realtà nuova e molto diversa da come te la immaginavi e di essere stata costretta ad adeguarti? Probabilmente sì, e altrettanto probabilmente non sarai riuscita a dare il tuo massimo. Ma rifletti: se ti trovassi a dover cavalcare un cavallo imbizzarrito, l'importante sarebbe rimanere in sella e non cadere. Pensi davvero che ti importerebbe di mantenere una postura elegante, le gambe di lato come una perfetta donnina d'altri tempi? Al diavolo le amazzoni! La vita spesso si imbizzarrisce, e allora impara ad accettarti, quando ce la metti tutta, e a perdonare le tue imperfezioni.

Stai dalla tua parte, fai il tifo per te!

Ilaria Bernardini, *Corpo libero*

Martina ha quattordici anni ed è una ginnasta professionista. Fin dalla più tenera età ha dedicato ore e ore, dure, intense, a questa disciplina sportiva, sollecitata anche dal padre che vede nella riuscita della figlia una possibilità di riscatto. E con questa disciplina si è formata, fisicamente e caratterialmente.

Ora è in trasferta in Romania, dove parteciperà alle selezioni per le prossime Olimpiadi insieme alle sue compagne di squadra, che osserva con un misto di attrazione e invidia, soprattutto Carla e Nadia, le più carine, le più ricche, le più brave. E poi, perché in un libro come si deve c'è sempre un «e poi», tutto cambia improvvisamente e quel luogo che dovrebbe accogliere tutti gli atleti e le atlete nello spirito sportivo diventa testimone di un terribile delitto.

...e quindi?

«Assurdo che si chiami corpo libero, no? Aveva detto una volta Nadia. Perché assurdo? Aveva chiesto Carla. Dovrebbe chiamarsi corpo obbligato. O corpo costretto. Da quanto tempo meditavi su questa incredibile verità?»

Martina rappresenta la classica adolescente: in lotta con la famiglia a causa degli obblighi che le impone e in lotta con se stessa, ovviamente. Se a questo aggiungi la competitività legata al mondo sportivo, potrai comprendere come il suo destino sia quello di non sentirsi adeguata, mai. Le pressioni dell'agonismo possono agire su una mente giovane in maniera fortissima, diventando muri difficilissimi da abbattere.

Ma Martina è anche un personaggio che può insegnarti qualcosa: il suo percorso, quello che osserviamo pagina dopo pagina, ci comunica che è sempre possibile decidere di scegliere ciò che è bene per te, alleggerendosi di tutte quelle costrizioni che possono condizionarci. Leggi e vedrai, anche un'adolescente ha qualcosa da dirti!

Facciamo un gioco?

Torniamo a Emma Morley, te la ricordi? Siamo partiti da lei per parlare del peso della perfezione. Da brava figlia della middle class inglese, porta sulle sue spalle tutto il peso del tentativo di riscatto sociale di un'intera famiglia, e questo si traduce nella ricerca spasmodica di una «posizione», non meglio identificata, che le fa perdere il contatto con i suoi desideri più reali.

Ora veniamo a te: forse anche tu, come Emma, soffochi la tua voce più autentica sotto una serie di ansie da prestazione legate alla tua storia? Se è così, ecco l'esercizio che ti consigliamo.

Prendi il tuo quaderno e scrivi che cos'è la perfezione, secondo te. Trova qualcuno che conosci e la cui vita è, secondo te, perfetta, e analizza tutte le parti che la compongono, per quello che puoi vedere.

Poi passa alla tua, di vita: che cosa le manca, se la paragoni alla vita ideale della persona che hai scelto?

Fai un elenco di azioni che possono renderti non perfetta, certo, ma migliore. E ricorda che il confronto con le vite altrui è costruttivo solo fino a quando non diventa deprimente: ogni persona combatte le sue battaglie senza per forza farle vedere al mondo, e può sempre succedere che una vita che ti sembra ideale sia in realtà costellata di imperfezioni.

La lezione di Amy: il piacere di farsi belle

> [Amy] cercava di dimenticare se stessa, di stare allegra, di trovare soddisfazione nel fare del bene, per quanto non ci fosse nessuno che vedesse o lodasse i suoi sforzi. Nei suoi tentativi di essere davvero buona un bel giorno decise di fare il proprio testamento, come la zia, in modo che se fosse venuta a morire le piccole cose che possedeva non andassero disperse, ma fossero equamente distribuite tra le persone a cui voleva bene.
>
> Louisa May Alcott, *Piccole donne*

Quando pensiamo a *Piccole donne*, pensiamo sempre a Jo. Meg è un'incorreggibile bacchettona, Beth è l'apoteosi della sfiga, poverina, e di solito Amy viene liquidata pensando: Ah, sì, è quella che si metteva la molletta sul naso per sembrare una francesina. Ed è inutile negarlo: Louisa May Alcott ha scritto questo capolavoro, destinato a conficcarsi nel cuore di schiere di donne – piccole o no – di ogni epoca da fine Ottocento a oggi, buttando a piene mani nel personaggio di Jo tutti i suoi sogni, le sue aspirazioni, la sua grandezza.

Diventa difficile competere con un carattere così irruente e generoso, sfaccettato, empatico.

Eppure, se guardiamo un attimo a Amy con occhi diversi, troviamo in lei una lezione importante, moderna e attuale, che manca invece nelle altre piccole – e poi grandi – donne.

Forse perché la stessa autrice nei suoi confronti prova sentimenti ambivalenti, e lo spazio che le riserva nella vicenda è poco: sin da bambina, rifiuta di omologarsi allo spirito di sacrificio e abnegazione che anima invece le sorelle, le quali, sotto l'egida materna, agiscono sempre e solo in nome del bene della famiglia.

Tiene moltissimo all'aspetto fisico, ma non solo: la sua priorità è sviluppare un temperamento artistico, e la sua ambizione, che non viene mai meno, è vivere d'arte, nutrendo senza limitazioni di carattere pratico il suo talento creativo.

Lei non ambisce a essere una donna comune: vuole seguire la sua musa e, tra l'altro, è la sola che lo fa con lo spirito dell'arte per l'arte. Jo stessa, se ci pensate bene, scrive per soldi, per aiutare la famiglia, in sostanza, anche dando voce alle sue aspirazioni non rinuncia a occuparsi degli altri.

Il romanzo esce in America nel 1868: non bisogna quindi stupirsi se la soluzione di Amy è quella di sposare un uomo ricco, il buon vecchio Laurie, ai tempi innamorato respinto della sorella maggiore.

La prima volta che incontriamo Amy è una ragazzina di dodici anni: proprio per la giovanissima età, i suoi tentativi di eleganza e raffinatezza naufragano inesorabilmente nell'affettazione. È ridicola, insomma. Quando la ritroviamo, anni dopo, di ritorno da un viaggio in Europa, è una splendida giovane donna, che ha saputo prendersi cura del proprio aspetto esteriore accompagnando questo miglioramento estetico con la realizzazione artistica che ha sempre sognato.

Guardando Amy, possiamo ricordarci di una cosa molto importante: prendersi cura di sé non è sempre e soltanto sciocca vanità o sinonimo di un carattere superficiale, in contrasto con quelle che possono essere le nostre aspirazioni intellettuali. Abbiamo tutte ben presente lo stereotipo della femminista intelligentissima ma sciatta e pelosa: ha fatto il suo tempo, è ora di buttarlo giù dal piedistallo. Amare noi stesse e la nostra esteriorità ci rende più sicure nei confronti del mondo, soprattutto se lo facciamo non cercando di assomigliare a tutti i costi a uno standard irraggiungibile, ma seguendo il nostro stile e la nostra modalità. Farci belle deve essere un'occasione per dimostrare che ci vogliamo bene, non l'ennesimo autodafé in cui processarci per le nostre mancanze. Contare una per una le smagliature che abbiamo non ci aiuterà, mentre andare a caccia di accessori che, secondo noi, esprimono la nostra personalità potrà riempirci di soddisfazione.

Il corpo è un amico: ci porta dove dobbiamo andare, ci rende in grado di fare quello che vogliamo, nuota, balla, canta, dorme e fa l'amore insieme a noi. Se lo neghiamo, neghiamo una parte importante di noi stesse. E sì, forse ci sarà sempre quel pezzettino di noi che non ci convince fino in fondo: Amy, per tornare a lei, continua a detestare il suo naso fino all'ultima pagina.

Ma la cosa importante è che quel naso imperfetto non le impedisce di essere quella che ha sempre sognato, e di vivere una vita appagante e ricca di soddisfazioni.

Libera la tua femminilità in un'esplosione di colori

Jorge Amado, *Gabriella, garofano e cannella*

Ilhéus, città portuale del Brasile e capitale del cacao, 1925.

Tanti protagonisti, tante storie che si intrecciano, o forse la stessa raccontata dal singolo punto di vista di ognuno, che sembra differente ogni volta.

Tutto ruota intorno al *Vesuvio*, il bar dell'arabo Nacib, dove, come nella migliore tradizione, si incontrano le molte voci che si intrecciano nel romanzo.

Nacib a un certo momento accoglierà come cuoca Gabriella, femminile e sensuale, che davvero ha la pelle color cannella e davvero profuma di garofano. Indomabile nel suo anelito verso l'amore e la passione, libera, istintiva. Wow. L'archetipo della donna brasiliana, insomma, femmina al cento per cento.

Soccombendo al suo fascino spiazzante, Nacib si innamorerà pazzamente di lei, scontrandosi poi ovviamente con la vivacità della donna in un crescendo di chiacchiere – si sa che la gente, accidenti a lei, non ha nient'altro da fare e quindi mormora, soprattutto in un bar – e dubbi.

Accanto a Gabriella troviamo il suo contraltare femminile Malvina: anche lei vuole essere libera, ma lotta per la sua libertà in maniera decisamente più consapevole, con una razionalità mutuata dallo studio e dai libri. Due donne di un Paese lontano, e parte di un mondo di carta, per di più. E allora come è possibile che le sentiamo così vicine?

...e quindi?

> «Gabriella è buona, generosa, impulsiva, pura. Di lei si possono elencare qualità e difetti, ma spiegarli mai. Fa le cose che ama, respinge le cose che non vuole. Non voglio spiegarla. Mi basta vederla, sapere che esiste.»

Come rimanere indifferenti a questo modo di essere donna? Gabriella ha caratteristiche innate che la rendono appetibile, interessante, capace di attrarre gli uomini di Ilhéus come il miele con le api.

Non ha necessità di rendersi consapevole di ciò che è, perché è.

Certo, stai per obiettare, non sempre questo capita in maniera spontanea. Spesso la difficoltà sta nel viversi, osservandosi con benevolenza e autoaccettazione.

Però perché non provi a osservarti con un occhio differente? Renditi onore, arricchisci la tua persona di ciò che ti fa stare bene, a tuo agio con te stessa, mettendo da parte non solo il giudizio altrui ma il tuo per primo. Se anche non sei una brasiliana con il fondoschiena marmoreo e gli occhi di velluto, hai comunque innata una femminilità, forse meno sgargiante, che a volte ti spaventa e ti imbarazza, e per questo la neghi o la camuffi, cercando di adattarla al modello corrente. Col rischio di mortificarla. Perché non provi a rivoluzionare il tuo modo di sentirti donna, senza penalizzare la tua sensualità per andare incontro alle convenzioni sociali?

Sì, può sembrare non facile, ma spesso l'ostacolo che ti impedisce di andare avanti lo poni tu.

Prova a rifletterci. Una donna libera è un'esplosione di colori. E tu, quanti colori hai?

Il tuo corpo è un regno di cui tu sei la regina

Stefano Benni, *Pantera*

> E la Pantera arrivò.
>
> Snella, flessuosa, pallida.
>
> Tutta vestita di nero, dal giaccone di cuoio al maglione a collo alto ai pantaloni, agli stivaletti.
>
> Nero il caschetto di capelli, neri gli occhiali da diva.
>
> Unico colore acceso in quella ben studiata e affascinante tenebra, il rossetto carminio della bocca.

Eccola che arriva, Pantera, e tu, come è successo a noi, sei già ammaliata. È la giocatrice di biliardo più brava di tutti i tempi: si muove a suo agio in un mondo tutto maschile e non propriamente sensibile alle quote rosa, ha un passato complicato di cui si sanno cose al confine tra la realtà e la leggenda. Fa il suo ingresso nelle sale da biliardo fumose come se stesse visitando un regno: il suo. Ed è protagonista della più grande sfida di sempre, quella contro l'Inglese, campione imbattuto, elegante e decadente, inarrivabile: l'unico in grado di tenerle testa. Un'eroina silenziosa e indistruttibile, che affascina e fa innamorare i peggiori ceffi dei peggiori bar, che restano a guardarla, incantati e timorosi, mentre svela il suo talento con colpi precisi. La sua bellezza è il corollario perfetto alla sua abilità: se fosse soltanto esteriorità, non sarebbe abbastanza, ma, unita alla sua predisposizione per il panno verde, diventa un'arma che non lascia scampo, e la caratterizza in positivo, elevandola al di sopra dello squallore dei luoghi che frequenta, circondandola di rispetto e timore reverenziale.

Come finirà la sfida con l'unico uomo al mondo che può conquistarla non te lo diciamo, altrimenti non leggi più!

...e quindi?

Quello di Pantera è un look impeccabile che nessuno stylist avrebbe potuto studiare per lei, perché ha le sue radici in una scelta personale, strettamente collegata alla persona che è, al suo modo di muoversi, a quello che sa e che ama fare. Ciò che determina la bellezza autentica, non ci stanchiamo mai di ripeterlo, scaturisce da una profonda conoscenza e accettazione di noi stesse e della nostra corporeità: nel momento in cui ti vesti pensando al corpo che hai, e non a quello che ti piacerebbe avere, inizi a muoverti e ad agire di conseguenza. Un tacco dodici ti slancia se ci sai camminare, non se ti muovi come un tirannosauro: non indossarlo solo perché qualcuno dice che valorizzerebbe la tua figura. Se invece quei centimetri in più ti fanno sentire la regina del mondo anche nelle giornate peggiori, allora vai, sfogati: non li togliere neanche per andare a buttare l'indifferenziata! Tacco o non tacco, quello che davvero conta è il modo in cui ti muovi nello spazio, indossando qualcosa che secondo te esprime una parte della tua essenza. Fatti bella in una maniera personale e inimitabile, attraverso i dettagli, cercando di trasmettere quello che sei, anche con un pizzico di eccentricità, perché no? La sola cosa da non perdere di vista è la consapevolezza che il tuo corpo sei tu, non un nemico da ridurre al silenzio: imparare ad ascoltarlo significa anche ricominciare ad ascoltare chi sei. Lasciando che quello che hai dentro si manifesti al di fuori con piccoli particolari. E non pensare mai di essere troppo giovane o troppo vecchia per decidere come vuoi apparire. Come si dice di Pantera: «Quanti anni aveva? [...] non importa: si è regine a qualsiasi età».

Spesso il proprio corpo può diventare un imbattibile nemico, o meglio... sei tu a renderlo così, sprecando l'occasione di farne invece uno splendido alleato. Anche Alice combatterà questa battaglia... Non riesci ad aspettare? È a p. 203, nella scheda *Rimettiti al centro del tuo sistema solare*.

Anche un rossetto può diventare un prezioso alleato!

Elizabeth Strout, *Resta con me*

Questa volta siamo a West Annett, una piccola comunità del Maine, nel pieno dei conformisti anni Cinquanta.

Gli abitanti si conoscono tutti tra loro, condividendo momenti di socialità che ruotano intorno alla parrocchia protestante e che improvvisamente si trova senza guida spirituale. Toccherà colmare quel vuoto a Tyler Caskey, giunto in città accompagnato dalla bellissima moglie Lauren e dalla figlia Katherine. Il loro arrivo verrà accolto con grande curiosità e attenzione, sia per la giovane età del ministro di culto, sia per l'impatto che Lauren, moderna, appariscente ma soprattutto sensualissima, susciterà sulle sue concittadine. Non è per caso che parliamo al femminile: è tristemente vero che spesso proprio le donne sono le peggiori nemiche delle altre donne.

In poco tempo Tyler assumerà un ruolo di grande prestigio all'interno della comunità: il suo carisma, i suoi vibranti e appassionanti sermoni, la sua attenzione per gli altri diverranno un esempio da seguire.

Improvvisamente però il destino si abbatterà con un tonfo su Tyler, modificando la sua vita e determinando un cambiamento radicale nei comportamenti dei suoi concittadini, gli stessi che fino a qualche tempo prima cercavano di accaparrarsi la sua considerazione e la sua amicizia.

...e quindi?

La storia di Tyler Caskey rimane impressa in modo indelebile nel cuore e nella mente di chi legge: la sua passione e la sua forza, la sua fede, l'amore per Lauren e le sue due bambine (lui e la moglie avranno una seconda figlia), il dolore che la vita lo costringerà ad affrontare.

Non dimenticare però di soffermarti sul personaggio di Lauren: una donna risoluta e volitiva, intensa e appassionata che verrà catapultata in una realtà così diversa da quella in cui è cresciuta e vissuta, senza però mai smettere di credere in se stessa e in ciò che è, nonostante la pressione di un intero paese che la guarda con malevolenza. Pressione che noi, e anche tu, sappiamo può diventare devastante. Lauren non rinuncerà al piacere di vestirsi con cura e attenzione e truccarsi in modo appariscente e vivace. Come dimenticare la sua passione per il rossetto, simbolo della sua femminilità e della sua autoaffermazione? «La bocca infatti esprime ciò che dal cuore sovrabbonda.» E tu, non hai niente che ti avanza da esprimere con il tuo bel musino?

Fatti bella... solo per te!

Jonathan Franzen, *Libertà*

St. Paul, Minnesota. Patty e Walter Berglund, due entità singole che a un certo punto della loro giovinezza si sono incontrate e unite per creare un nuovo nucleo famigliare.

Nucleo che sarà borghese, liberale, ecologista, attivo nel sociale eppure allo stesso tempo complesso e ambiguo.

Procedendo nella lettura vediamo questa coppia evolvere, implodere, assestarsi, allontanarsi, in un crescendo sempre più drammatico. È impossibile soffermarsi e affezionarsi a un protagonista in particolare: ogni personaggio mostra il meglio e il peggio di sé in un continuo divenire che costringe chi legge non solo a rimanere letteralmente incollato alla pagina ma anche a rivedere continuamente l'idea che si è fatto di lui/lei. Proprio come succede fuori dalle pagine, nella vita vera, quando i giudizi che diamo sulle persone si modificano a mano a mano che impariamo a conoscerle e a capire che cosa le spinge ad agire...

...e quindi?

Patty è un personaggio ricco di sfumature, in continuo divenire.

La sua storia è narrata a partire dall'infanzia e dalla sua famiglia d'origine, passa attraverso la sua giovinezza e poi confluisce nell'età adulta che la vede moglie e madre.

Ogni fase è analizzata quasi attraverso un microscopio, che ne mette in risalto tutte le qualità e tutti i difetti.

Senza pietà.

A un certo punto della narrazione, in uno dei momenti di svolta del romanzo, Patty modifica l'approccio verso se stessa, iniziando a prendersi cura di sé come mai prima nella sua vita. Non lo fa per Walter. È una sua scelta, dettata dalla improvvisa, forte necessità di guardarsi con occhi diversi, più compiaciuti e disponibili.

È un errore comune pensare che valga la pena di farsi belle solo se c'è qualcun altro che ci guarda: un errore che sta alla base di milioni di tutone infeltrite, calzettoni da profuga e mutande con elastici sumeri che si sbriciolano sempre di più a ogni lavaggio.

Per esser comode, anche se siamo da sole in casa, non è necessario assomigliare alla gattara dei Simpson: si può trovare un outfit confortevole che non spaventi il postino quando ritiriamo una raccomandata.

Non dimenticare di farlo, e metti via quella tuta, subito!

Anche Caterina, la protagonista di *Bella mia*, ha qualcosa da dirti, e un paio di scarpe rosse che possono servirti da lezione. Vai a dare un'occhiata al capitolo *Toc toc, è permesso? Caterina e il coraggio di cambiare direzione*, lo trovi a p. 23!

Facciamo un gioco?

Tasto dolente, l'aspetto fisico. La bellezza di Amy, per esempio, è sempre stata un po' vista come sinonimo della sua superficialità. In realtà, stare bene con il proprio corpo, indipendentemente dal fatto che esso rientri nei canoni vigenti, è una delle sensazioni più positive e potenti che si possano provare: e non è davvero legata al fatto di essere oggettivamente belle. Ci sono donne stupende che si sentono dei mostri, e cessi a pedali che si guardano allo specchio e vedono la regina di Saba.

Ora, quaderno alla mano, elenca quelli che secondo te sono i tuoi peggiori difetti fisici: ti viene facile, vero? Fin troppo... Adesso, cerca una foto in cui ti piaci. C'è. Devi solo trovarla. Attaccala sul tuo quaderno e circondala di immagini di icone di bellezza e di stile che hanno fatto dei tuoi presunti difetti un punto di forza. Ti senti nana? Pensa a Kylie Minogue. Grassa? Candice Huffine (ti dico solo: calendario Pirelli). Culona? Kim Kardashian ci ha fondato un impero. Per non dimenticare il nasone di Sarah Jessica Parker, la beneamata Carrie Bradshaw, perfetto per la sua faccia e indossato con naturalezza.

Quello che rende belle tutte queste donne è la consapevolezza di sé, del loro valore intrinseco al di là dei difetti: lascia che ti contagino con i loro sorrisi e la loro autostima. Fatti bella: valorizzati, occupati del tuo aspetto nella sua totalità, senza focalizzarti sui difetti che pensi di avere.

Acrobazie sentimentali. Impara da Bridget l'importanza delle amicizie di sicurezza

> Adoro gli amici: li preferisco senz'altro a qualunque numerosa famiglia turca con strani turbanti in testa.
>
> HELEN FIELDING, *Il diario di Bridget Jones*

DAVVERO Bridget Jones ha bisogno di presentazioni? E davvero è possibile racchiuderla in qualche riga?

Be' noi ci proviamo, nel caso tu sia una di quelle tre persone sul pianeta che ancora non la conosce. Oh, Bridget... lei è semplicemente tutte noi. Non è forse vero? La bionda più famosa di Londra ci ha insegnato che le nostre paure più impensabili (divorata da un alsaziano, veramente?) e i nostri momenti più bassi – di solito segnati da un'impennata dell'ago della bilancia – non sono nulla di cui vergognarsi, anzi. Sono proprio come la vestaglia di flanella dalle tasche ripiene di kleenex che non ci decidiamo a buttare via: una parte della nostra vita che forse non vorremmo far vedere al nostro capo, ma che esiste, eccome se esiste!

Bridget rimbalza tra le braccia dell'uomo-più-sbagliato-di-sempre, il fascinosissimo Daniel Cleaver, per un bel po', prima di atterrare in una relazione sana e stabile con il bel Mark Darcy.

La storia, ormai, la conosciamo tutti: quello su cui invece vogliamo soffermarci qui è la rete di sicurezza che impedisce a Bridget di sfracellarsi al suolo tra un innamoramento e l'altro, ovvero i suoi amici. Sharon, Tom, Judith: sono loro che circondano e amano la bionda protagonista del diario più letto degli anni Novanta, in ogni caso, sempre e comunque, raccattandola dagli abissi della sua infelicità come dal pavimento di un locale londinese.

E Bridget fa altrettanto per loro.

Eh già, perché una delle verità più importanti e nascoste di questo libro è che per avere dei buoni amici devi essere una buona amica: devi essere leale, presente, amorevole. Ma devi esserlo davvero, non per opportunismo. Tant'è che, quando Fiona, l'amica sposata di Bridget che suo malgrado l'ha sottoposta a centinaia di cene terribili piene di «felicemente sposati», si trova nel mezzo di una crisi coniugale, viene accolta, consolata e accudita senza esitazione.

Gli amici di Bridget sono quelli che non si fanno problemi a dirle che la sua cena di compleanno fa schifo (ricordate la famosa zuppa blu?), ma che non esitano comunque a festeggiarla e a incoraggiare i suoi sforzi con ironia e amore.

Insomma, ti chiederai, qual è la lezione? Puoi iniziare a guardarti intorno, e vedere quante e quali persone danno ricchezza e colore alla tua vita al di là della presenza di un partner: su chi puoi contare, chi può fare affidamento su di te, chi riesce a riportarti alla realtà quando parti in missione per il pianeta Paranoia, chi ti ricorda quello che sei quando tu stessa non riesci più a riconoscerti. Gli amici e le amiche, ma soprattutto le amiche, quelle che sanno come ti sentivi quella volta in cui avevi quindici anni e l'apparecchio per i denti ed eri innamorata del figo della scuola – che probabilmente non avrebbe saputo distinguerti dalla cattedra durante l'interrogazione –, quelle a cui hai scritto lettere, quelle con cui sei stata in vacanza l'anno della maturità, quelle che ti mancano dopo due ore che non le senti, le depositarie dei tuoi segreti e delle tue figure peggiori. Non sono – e non devono essere – dei tappabuchi tra una relazione e l'altra, ma le fondamenta della tua vita affettiva: esercitare con loro e attraverso di loro l'abitudine a ridere e volersi bene ti farà imparare la condivisione e la pazienza nella forma più pura e disinteressata. Ecco perché è bene prenderti cura con continuità di questo tipo di relazione, e non concentrare tutti i tuoi sforzi solo su un ipotetico – o reale – amore della tua vita. In amicizia metti in moto quella parte di te più spontanea e spassionata senza la quale rischi davvero di inaridirti. Inoltre, fare cose che ti interessano con persone a cui vuoi bene, costruire ricordi ed esperienze, ti arricchisce come niente altro al mondo.

E infine, ultima ma non ultima, c'è la parte del confronto: spezzare l'autoreferenzialità, tanto pericolosa per la nostra salute mentale, soprattutto quando ci troviamo in una spirale di tragedia perché la nostra vita sentimentale non funziona come vorremmo, ci aiuta a rimettere nella giusta prospettiva noi stesse e l'accaduto. A capire che possiamo accettare e guarire il vuoto che sentiamo, perché è solo una piccola parte delle mille che ci compongono. E se leggendo tutto questo ti è venuta voglia di sentire qualcuno a cui vuoi bene, il nostro obiettivo è raggiunto: sei ancora qui? Che cosa aspetti? Chiudi questo libro e chiama!

Gli altri vengono in pace!

Eleonora C. Caruso, *Comunque vada non importa*

Darla ha ventidue anni. Trascorre le sue giornate sul divano di casa, chattando, mangiando junk food e leggendo manga. L'unico momento in cui si alza è per andare in bagno o per raggiungere il negozio di fumetti dove, oltre a fare nuovi acquisti, riesce a immaginare di avere una qualche relazione con il commesso. Perché immaginarla, in fondo, è molto più semplice che viverla.

L'università l'ha praticamente abbandonata e sembra non avere più alcuno stimolo vitale. Tutto si è ridotto alle comunicazioni virtuali, poco reali e molto vuote di senso.

Orfana di madre, Darla vive con il fratello Andrea e intrattiene con il padre, che mantiene entrambi, un rapporto molto difficile, fatto di silenzi e chiusure.

Un mondo statico, asettico e praticamente vuoto, che un giorno, all'improvviso, va in frantumi quando il fratello tenta il suicidio. Da quel momento qualcosa in lei si smuoverà, costringendola a uscire dal guscio.

Non sarà facile, dopo tutto questo tempo, anche perché il confrontarsi con la vita e gli altri non sarà una passeggiata.

...e quindi?

Sai chi sono gli Hikikomori? In Giappone questo fenomeno sociale ha assunto negli ultimi anni dimensioni sempre più preoccupanti: si tratta di persone, per lo più giovani, che decidono di rinchiudersi letteralmente nella propria stanza, evitando ogni contatto con l'esterno se non per le questioni primarie.

Darla è italiana, ma vive esattamente così. Solo dopo il tentativo di suicidio del fratello dovrà iniziare ad aprirsi al mondo. Frequentare il fidanzato di Andrea, per esempio, l'aiuterà a riscoprire in sé emozioni e sentimenti che pensava fossero definitivamente sopiti.

> «Tu non mi piaci soltanto. Mi piace di più la mia vita da quando, tra le altre cose, questa ti contiene. Piaccio di più a me stessa perché sono in parte l'effetto di quello che, senza saperlo, tu mi hai fatto.»

Se anche non sei a livello degli Hikikomori giapponesi, siamo sicuri che Darla abbia una lezione anche per te. Quante delle nostre conoscenze restano superficiali perché siamo noi a volerlo? Forse c'è qualcosa che ci spaventa nell'aprirci all'amicizia e, forse, sarebbe ora di cominciare a chiederci che cos'è, e se possiamo adoperarci per cambiarlo, evitando di restare ingabbiati nella nostra autoreferenzialità.

Troverai qualcun altro fra queste pagine che vive un po' come gli Hikikomori... Si chiama Marta e ti aspetta nel capitolo *Le tue prigioni hanno sbarre sottili. Marta ti insegna a evadere (e tendere la mano)*, a p. 193.

Non avere paura di chiedere aiuto!

Luisa Brancaccio, *Stanno tutti bene tranne me*

Un gruppo di vicini di casa che si incrociano ogni giorno, senza conoscersi mai veramente. È su ognuno di loro che va a frugare l'occhio della scrittrice, concentrandosi in particolare sulla storia di Margherita: sposata con un noto chirurgo, madre di tre figli che combatte quotidianamente contro il malessere profondo che la tiene prigioniera da tempo e che non riesce a sconfiggere neanche con i farmaci.

Una donna spaesata, come i personaggi che la circondano, in costante relazione con un vuoto algido e distante che la priva di ogni energia.

Poi, improvvisamente, qualcosa cambia: la decisione di affidarsi a uno psicoterapeuta, qualcuno da lei scelto in autonomia e non «consigliato» dal marito, e il percorso compiuto con lui la indirizzeranno verso una nuova consapevolezza.

Ma non sarà facile. Dovrà superare una doppia prova, durissima, che alla fine le permetterà di riconquistarsi.

...e quindi?

Non c'è niente da fare. La storia di Margherita spiazza e lascia il segno.

Lo stato d'animo in cui si trova si nutre di un malessere profondo che è figlio anche dell'ambiente che la circonda e di cui la donna è vittima inconsapevole.

Quando decide di rivolgersi a uno psicoterapeuta, e il suo sguardo cade sul nome del dottor De Seta, ancora non sa cosa l'aspetta. L'incontro con lui non sarà squisitamente terapeutico ma umano, e questo le permetterà di aprire gli occhi sulla sua vita.

De Seta, ormai in pensione – alla veneranda età di ottantadue anni – comunicherà con la donna in un modo al quale lei non è più abituata, permettendole di scoprire temi e argomenti mai presi in considerazione, o dimenticati.

Affidarsi a un parere esterno, comunicare il malessere a qualcuno che può capirlo – non per forza un professionista – e che non si limita a raccogliere il tuo sfogo, ma ti sprona ad andare oltre, può essere di aiuto per uscire da una situazione in cui non sai neanche bene come sei finita.

Quello che conta è essere disposta ad accettare questo impulso, a farlo tu, a restituirlo. Pensi di essere pronta?

Con un'amica tutto è (più) possibile

Silvia Ballestra, *Amiche mie*

Quattro donne, mogli e madri, quattro vite differenti che si incontrano e si confrontano davanti a un caffè, bevuto di fretta, ogni mattina dopo aver portato i bambini a scuola, in una Milano operosa ed efficiente. Sofia, Carla, Norma e Vera sono anche grandi amiche e, in questo rapporto che le unisce profondamente, riescono a rappresentare se stesse per quello che sono, con tutte le difficoltà che giorno dopo giorno trovano sulla loro strada ma con la certezza che l'amicizia che le unisce possa sempre accoglierle.

Ognuna incarna un tema in cui è facile riconoscersi. Il senso di colpa di Vera, le fisime alimentari di Sofia, il desiderio di affermazione professionale di Carla e le disavventure sentimentali di Norma: e questo solo per citare gli aspetti più eclatanti delle loro storie, che sembrano parlare direttamente al cuore di tutte noi.

...e quindi?

Amiche mie: dietro un titolo un mondo fatto di condivisione, scambio e interazione tra persone legate da un sentimento indistruttibile.

Spesso dimentichiamo quanto sia importante per noi la rete di affetti amicali, quella rete pronta ad accogliere le difficoltà e l'incertezza di un momento di sofferenza, ma non dobbiamo.

Guarda il personaggio di Vera, quando si rende conto della situazione in cui si trova a causa della dipendenza da gioco del marito: le sue amiche sono lì, pronte a sostenerla e a mostrarle che proprio in virtù di quell'amicizia le cose possono essere viste e interpretate in modo diverso.

Ed è indimenticabile anche la figura di Carla che, sveglia da sola di notte, sente amiche tutte le donne del mondo, anche quelle che non conosce, le scrittrici, le cantanti, le libere pensatrici, insomma tutta quella tribù al femminile a cui sa di appartenere, composta da donne di tutte le epoche, che hanno cercato in qualche modo di fare qualcosa per il loro sesso:

> Così Carla, nei momenti di scoramento e di amarezza, pensava a queste sue eroine come a delle amiche a cui rivolgersi idealmente per trovare motivazione e speranza. C'erano donne meravigliose, e pure bellissime, che avevano lavorato, scritto e cantato; c'erano. C'erano, bastava cercarle.

Non ti senti anche tu come Carla? Queste quattro, irresistibili amiche ti insegnano a non dimenticare mai che sei una donna anche tu, al centro di una rete di amicizie inossidabili, quelle presenti, certo, ma anche quelle che la vita ha ancora in serbo per te. Perché se diventare amici è un'avventura preziosa, diventare amiche lo è ancora di più.

Un bel quartetto questo qua, niente da dire... Ne avevamo trovato un altro, ancora più bizzarro, qualche capitolo fa... Serve una ripassatina? Vai a trovare Mao, Marco, Elvis e Valentina nella loro scheda a p. 26, si chiama *Scardina i tuoi schemi!*

Non è mai troppo presto per legare, non è mai troppo tardi per ricordare i legami

Bianca Pitzorno, *Ascolta il mio cuore*

Prisca, Elisa e Rosalba hanno nove anni e frequentano la quarta elementare, nell'anno scolastico 1949-1950.

Sono amiche inseparabili e per tutto l'anno, mese dopo mese Prisca, aspirante scrittrice in erba, racconterà tutto della loro quotidianità di bambine alle prese con i problemi in classe, i rapporti con le altre compagne (ancora, purtroppo, tutte femmine) e soprattutto con la nuova maestra, Argia, detta inevitabilmente «Arpia», il personaggio negativo per eccellenza.

E proprio in questo contrasto tra i valori puri e fondamentali di Prisca e delle sue amiche e quelli degli adulti (soprattutto della maestra che si rivelerà essere classista e ingiusta) sta la bellezza di questo romanzo, che è un libro per ragazzi, ma in fondo è perfetto anche per te.

Nelle tre amiche c'è già la forza delle donne che potranno diventare, e una certezza: che restando unite, supportandosi reciprocamente e avendo fiducia l'una nell'altra potranno affrontare ogni difficoltà a testa alta, nel rispetto pieno dei loro caratteri, delle loro peculiarità e dei sogni grandiosi che affollano le loro – spidocchiatissime – testoline.

...e quindi?

Questa volta le nostre supereroine sono piccole davvero, ma per loro vale quello che vale per ognuna di noi: l'amicizia è un paracadute prezioso, già a nove anni.

Insieme riusciranno ad affrontare l'avventura di un nuovo anno scolastico, consolidando la loro personalità in crescita, osservando con sguardo puro e vero il mondo degli adulti, spesso assenti o incoerenti nel loro modo di essere.

Ma i problemi non sono confinati nell'universo ancora distante dei grandi. Anche all'interno della classe esistono delle lotte intestine, portate avanti di anno in anno nonostante la giovane età delle protagoniste:

> Dalla prima elementare c'era stata guerra tra la bancata centrale e quella di destra. Al centro sedevano Prisca, Elisa, Rosalba e altre bambine loro amiche, tutte brave scolare, ma alcune così vivaci e rumorose che la maestra Sole, con una sfumatura di tenerezza,

le chiamava «i miei Maschiacci», nome che poi era rimasto a indicare tutta la bancata. A destra i banchi erano equamente divisi fra quelle che Prisca e Rosalba avevano battezzato «Gattemorte» e «Leccapiedi», sempre impegnate, senza distinzione, a formare gruppi e gruppetti rivali, a darsi delle arie, a rompere i segreti, a fare la spia.

Prisca, Elisa e Rosalba vivono l'amicizia proprio come dovrebbe essere per tutta la vita: lealtà assoluta, protezione reciproca, sostegno incondizionato.

E tu, proprio tu, non badare al fatto che questo romanzo è classificato come lettura per ragazzi: queste tre bimbe hanno molto da dirti, soprattutto se quello di cui hai bisogno è ritornare alle origini, ai sentimenti di pura amicizia che quand'eri piccola provavi e ora forse giacciono sepolti dalle sovrastrutture che anno dopo anno si sono accumulate. E poi siamo sicuri che ritrovare una parte di te «bambina» possa essere un buon modo per concretizzare e rafforzare quella che sei adesso.

Ma se un'amica è per sempre... Per quattro quanto fa?

Rebecca Wells, *I sublimi segreti delle Ya-Ya Sisters*

Sidda Walker, affermata autrice teatrale, dopo aver rilasciato un'intervista a un giornale in cui rivela che la madre Vivi adottava nei suoi confronti metodi educativi non propriamente consoni – ma siamo sicuri che davvero la picchiasse a ritmo di tip tap? – provoca una frattura nel rapporto già delicato con lei. Questo litigio la manda talmente in crisi da farla fuggire da New York, cancellando nientepopodimeno che un matrimonio, e rifugiandosi proprio nella casa materna tanto disprezzata.

Per ricomporre la situazione intervengono le amiche storiche di Vivi con le quali la donna, in gioventù, ha condiviso il meglio di un periodo che aveva donato loro gioia, risate e sfrontatezza: perché loro erano le mitiche Ya-Ya Sisters!

La tua lettura sarà un susseguirsi di salti nel tempo, dal presente in cui Sidda scopre le avventure della madre con le Ya-Ya Sisters in un album di ricordi al passato leggero e spensierato che condividono le quattro amiche, da cui però emergeranno anche i dolori e le sofferenze profonde che hanno segnato la vita di Vivi.

Indimenticabili le scorribande delle quattro ragazze adolescenti nella Louisiana degli anni Quaranta, le nottate alcoliche, *Via col vento* e Shirley Temple (scoprirai, oh se scoprirai leggendo il libro, a cosa ci stiamo riferendo...), ma soprattutto la sensazione che ne emerge: quella di quattro donne unite fra loro da vincoli inscindibili, che ancora una volta sanno fare gruppo attorno alla più carismatica e allo stesso tempo fragile di loro, quasi adottando anche Sidda e inserendola in quel cerchio magico, per fare in modo che possa capire, e quindi perdonare, sua madre.

...e quindi?

Ancora una volta l'amicizia tra donne, il circondarsi di persone di cui ci si possa fidare, con le quali condividere emozioni, pensieri, momenti di gioia e puro divertimento, è fondamentale per riuscire a ristabilire dentro di sé un equilibrio messo in pericolo da una relazione che ti ha prosciugato.

È quanto accade in queste pagine, dove, proprio grazie al rapporto unico e insostituibile che esiste tra le «oldies but goodies» Ya-Ya Sisters, non solo la ferita tra madre e figlia si rimargina, ma entrambe riescono a ritrovare la propria forza.

«Sai com'è quando certe persone, per il semplice fatto che stanno insieme, ti fanno provare un pizzico di speranza? Ti danno l'impressione che il mondo non sia quel regno della follia che è in realtà?»

Ecco, ricorda: le vere amiche sono quelle che sono lì a ricordarti chi sei quando tu stessa sembri essertene dimenticata.

Sii l'amica che vorresti

Alicia Giménez-Bartlett, *Segreta Penelope*

Sara è stata una donna di fascino e di gran temperamento, che ha vissuto la sua giovinezza nella Spagna degli anni Settanta all'insegna dell'anticonformismo e dell'affermazione di se stessa in ogni ambito della vita.

Sara «è stata», perché, dopo aver introiettato la consapevolezza di non essere in grado di accettare il ruolo di moglie e madre che la società alla fine le ha imposto, decide di non stare più al gioco, e si suicida.

Questo romanzo parla di lei e di come le persone a lei più care la vedevano. Il racconto in prima persona è fatto da un'amica, che tenta di ricostruire la vita di Sara dal momento in cui ha iniziato a sgretolarsi e a non rispecchiarla più, fino alla drastica decisione finale.

E ovviamente è teso anche a denunciare quelle mancanze che loro, le donne che avrebbero dovuto esserle vicine nel momento giusto, hanno avuto: tutte le volte in cui l'hanno criticata, o non supportata, tutte le volte che le hanno restituito un giudizio conformista, ecco, tutti questi episodi pesano nelle parole della narratrice in un infinito senso di colpa.

Con grande finezza psicologica l'autrice spagnola ricostruisce la figura di una donna «mitologica», che diventa esempio e monito per tutte noi.

...e quindi?

La figura di Sara viene ricostruita attraverso il racconto delle persone a lei più care. Ognuna di loro ha un'idea precisa e chiara su chi fosse. Per ognuno di loro Sara aveva un valore unico e insostituibile in cui, purtroppo, lei per prima non si riconosceva. O almeno non si riconosceva più. In questa tragedia di una donna in attesa di se stessa, una donna che sceglie di porre fine a un'esistenza che non sente più sua, appare evidente quanto sia importante circondarsi di persone che ci rimandino costantemente al nostro valore, soprattutto quando qualcosa ci spinge a dimenticarlo. In quei momenti in cui sembra che la struttura che ti sosteneva stia andando in pezzi a causa di un dolore che non riesci a sopportare, pensa a chi ti sta più vicino, a chi potrebbe esserti di sostegno.

Ma non scordare che anche tu puoi essere un sostegno per gli altri, anzi: cerca di essere tu per prima ciò che vorresti fossero gli altri per te.

Facciamo un gioco?

Gli amici di Bridget sono la rete di sicurezza che le consente di barcollare sapendo che può permettersi di cadere senza farsi troppo male.

E tu, su quali amici puoi veramente contare?

Molto spesso il concetto di amicizia tende a comprendere anche chi, in realtà, non ha un influsso positivo su di te.

Ma, allo stesso tempo, può succedere che persone che ti vogliono molto bene, e a cui anche tu ne vuoi, non abbiano l'atteggiamento giusto nei tuoi confronti, finendo con il tirarti giù proprio quando invece avresti bisogno di sostegno. Non è una tragedia: può succedere, l'importante è affrontare la cosa in maniera chiara.

Quello che puoi fare è stilare quattro liste. In una metterai gli amici che ti sono vicini nel modo giusto: quelle sono le persone a cui affidarti senza se e senza ma. Funzionano per te come fossero un paracadute, mentre tu sei il loro, di paracadute!

Ora fai un'altra lista in cui metterai le persone a cui vuoi bene, ma che, per i più svariati motivi, hanno nei tuoi confronti un atteggiamento che percepisci come distruttivo: parla con loro in maniera chiara, comunicando che, qualsiasi cosa abbiano in testa per tirarti su, evidentemente non sta funzionando.

Poi ci sono quelli che non conosci bene ma che ti ispirano: da quella lista puoi attingere quando hai voglia di fare cose nuove.

E, infine, la lista nera: persone che sono negative per te, che devi assolutamente evitare, anche se avete un passato di condivisione.

Sei pronta? Ragionare un po' su te stessa e sul tuo mondo non può che farti bene!

Di amore non si muore. Ruth e il coraggio di voltare pagina

Perché lei è la migliore amica che possa esistere e io la amo.

FANNIE FLAGG, *Pomodori verdi fritti al caffè di Whistle Stop*

QUANDO Ruth Jamison fa la sua comparsa a Whistle Stop è solo una ragazzina. È la classica bella del Sud, quieta, nata per compiacere la famiglia e il futuro marito – che certo non tarderà ad arrivare, anche se lei ha solo sedici anni.

E infatti arriva, eccolo: Frank Bennett, bell'uomo, onesto lavoratore, va in chiesa tutte le domeniche, e non esita a farsi carico della suocera, vecchia e malata, portandola a vivere in casa con lui e la moglie.

Quello che noi non sappiamo, e che Ruth imparerà presto a sue spese, è che Frank Bennett è un uomo violento, uno stupratore, un ubriacone. Sotto la sua patina civile si nasconde un misogino picchiatore.

Lei, per anni, resiste. In parte influisce la presenza della madre, a cui vuole evitare un dispiacere e un disonore troppo forte da sopportare – siamo negli Stati Uniti degli anni Trenta: un marito crudele si può ancora tollerare, un divorzio no!

Ma c'è qualcosa di più profondo che tiene Ruth legata

a questa relazione che giorno dopo giorno le toglie un pezzettino di sé: c'entra la sua forte religiosità, ma soprattutto la sensazione, che, in fondo, va bene così. Certi uomini hanno certe esigenze. I matrimoni non si mandano all'aria. Si coprono i lividi e si sopporta. «Forse, se fossi migliore, lui non sarebbe costretto a maltrattarmi», «l'ho fatto arrabbiare», «in fondo è colpa mia», e amenità di questo tipo.

Finché un giorno, poco dopo la morte della madre, Ruth capisce che è ora di dire basta. Che quella non è la vita che voleva, e nemmeno quella che si merita. E ricorda di quando e dove è stata felice e si è sentita al sicuro: a Whistle Stop, ospite della famiglia Threadgoode. In quel momento, compie un gesto che la cambierà per sempre: scrive a Idgie, la sua Ammaliatrice di Api, la donna di cui è innamorata e accanto alla quale vuole vivere. Sa che si ritroveranno, e così accade.

Quante e quante volte, pur senza arrivare all'eccesso di un marito violento, abbiamo accettato passivamente una storia d'amore che ci feriva solo perché non credevamo di essere degne di qualcosa di meglio, o perché ci siamo lasciate condizionare dall'idea che, in fondo, soffrire per amore è normale? Chiariamolo una volta per tutte: le storie d'amore sane e soddisfacenti portano felicità. Punto. Che poi sia uno sporco lavoro farle funzionare, e che ci siano anche dei momenti in cui ci si fa del male, è un fatto. Ma, principalmente, quando si ama e si è amate, si è felici, serene e appagate. Ci si sente a proprio agio con se stesse e con il partner. Insomma, di amore non si muore.

E quindi, la prima, primissima cosa da fare quando siamo a disagio all'interno di una relazione è riconoscere che quella roba lì ci fa più male che bene. Che non è normale, non è accettabile, non è tollerabile. Non ci sono convenzioni sociali che tengano, e non è neanche il fato avverso che dobbiamo sopportare con stoica rassegnazione: il destino è qualcosa che dipende da noi, e, nel momento in cui interrompiamo una storia che ci fa soffrire, ce ne assumiamo la responsabilità. Da lì in poi, come per Ruth, si aprono possibilità infinite di appagamento e soddisfazione, ma, senza quel passo iniziale, nulla succederà.

Da Ruth dobbiamo prendere in prestito la forza quieta con cui volta pagina in maniera definitiva, senza più guardarsi indietro, e la lucidità con cui recupera un ricordo di gioia e lo trasforma in un passo verso un futuro che sceglie in autonomia. E anche il modo magistrale con cui scavalca una marea di convenzioni – diventa improvvisamente una madre single che vive con una donna dopo aver abbandonato suo marito – senza clamore, rimanendo comunque colei che insegna catechismo ai ragazzi della scuola domenicale. Non è ipocrisia, perché Ruth è davvero una donna buona e profondamente onesta: e quello che la rende indimenticabile è proprio il momento in cui sceglie di occuparsi del suo destino con lo stesso amore e la stessa cura con i quali si prende a cuore le vite degli altri.

Quello che ci vuole, ogni tanto, è il coraggio di scavare

Javier Marías, *Gli innamoramenti*

María Dolz, dipendente di una casa editrice madrilena, incontra ogni mattina al bar dove fa colazione una coppia, Luisa e Miguel Desvern. Di loro non sa nulla, se non che sembrano bellissimi e felici: ama fantasticare su quello che potrebbero essere, e, nella sua mente di donna single, si fissano come l'immagine di un sogno, l'ideale dell'amore.

Un giorno però, improvvisamente, i due innamorati scompaiono e María scopre che Miguel è stato ucciso.

E da qui la storia accelera, pagina dopo pagina. Noi però dobbiamo fermarci: la tentazione di svelarti almeno qualcosa dell'indagine di María e dei colpi di scena che si susseguono è forte, ma vogliamo davvero che tu legga questo libro e allora... Stop!

...e quindi?

María è in attesa che un incontro le cambi la vita, arricchendola, stupendola e facendole provare un senso di stordimento e annullamento. Brama un amore un po' da fotoromanzo e la – presunta – coppia che vede ogni mattina incarna questo suo desiderio che ha il sapore dell'impossibile. Poi qualcosa accade e la sua quotidianità viene scossa da un uomo che sembra concretizzare le sue riflessioni: ma quale verità nasconde?

E se le cose non fossero, per l'ennesima volta, come sembrano? Ti sei mai domandata quanto sei disposta a mettere in discussione i tuoi valori e la tua etica per un uomo e una relazione? Hai vissuto una storia che non avresti mai pensato di concederti con un grande contrasto interiore? Spesso si mettono al primo posto finti obiettivi a causa di richieste sociali più o meno velate e altrettanto spesso la rinuncia a se stesse diventa il punto di partenza di relazioni dal futuro incerto o comunque con vissuti contrastati.

Quanto sei disposta a mettere in discussione ciò che vedi e a lacerare l'involucro perfetto della realtà, o di una relazione, per scoprire cosa nasconde?

Quanto può essere difficile abbandonare un mondo ideale per guardare dritto in faccia la realtà? Guarda cosa succede alla nostra romanticissima Madeleine in *Gli amori di carta non possono bastare*, è a p. 155!

Il cilicio fa male... Te ne eri scordata?

Lucia Etxebarría, *Di tutte le cose visibili e invisibili. Amore e altre menzogne*

Metti per caso una sera a una festa un incontro fortuito, un'attrazione fortissima con un uomo che farà da preludio a una relazione difficile e tormentata – della serie «ma perché quella sera non sono rimasta a casa a guardare le repliche di *Friends*?»

È quello che succede a Ruth, donna di successo,

regista affermata nell'ambito underground e non solo; possiede un enorme fascino, che coniuga i geni britannici della madre con la sensualità spagnola e caliente del padre, e ha l'intelligenza acuta e deduttiva per poterlo usare nel modo a lei più congeniale. Juan invece è un giovane scrittore, un poeta basco un po' ombroso, appena arrivato a Madrid in cerca di fama e notorietà. Quella stessa fama e notorietà di cui invece Ruth sembra essere circonfusa come per grazia divina: sarà proprio questo il detonatore che farà esplodere la coppia con esiti devastanti.

Quando Juan inizia a rimproverarle proprio tutte quelle qualità che, inizialmente, l'hanno resa attraente ai suoi occhi, Ruth dovrà imparare a riaffermare se stessa, nonostante le frecciatine di lui vadano a colpirla proprio nelle sue fragilità, abilmente camuffate da certezze. Per caso ti suona familiare? Tutte ci siamo passate.

...e quindi?

La dinamica psicologica dei protagonisti, calibrata e ricostruita nei minimi particolari, rende la lettura di questo romanzo utilissima quando la poca consapevolezza di te ti tiene prigioniera di un gioco perverso nel quale non hai alternativa al soccombere alla frustrazione. Molto spesso, quando il tuo partner vive il rapporto con un senso di inferiorità, anziché parlarne apertamente, o anche solo ammetterlo a se stesso, preferisce – più o meno consapevolmente – innestare un meccanismo bruttissimo secondo il quale, per supplire alle sue mancanze, punta il dito sulle tue. E qui, purtroppo, senza neanche accorgertene ti ritrovi a essere sua complice, accettando il cilicio che ti viene porto con aria indifferente, indossandolo come se fosse il tuo vestito preferito e cadendo in una spirale di autocolpevolizzazione. Il risultato finale è l'erosione progressiva della tua autostima, soprattutto se già fragile in partenza. Quello che può scattare, leggendo la storia di Ruth e Juan, è il desiderio di vedere la rivalsa di lei; sul piano personale invece potresti accorgerti che anche tu vuoi e puoi fare quel passo in più che ti porterà a uscire da un rapporto distruttivo. Affidandoti alla tua storia, alle tue radici e soprattutto al tuo talento.

Leggi cosa fa Ruth in questo passo del libro... E la tua sceneggiatura invece qual è?

Agosto fu il mese in cui Ruth de Siles Swanson scrisse di getto una sceneggiatura di centocinquanta pagine basata, come avete già avuto modo di scoprire, sulle inquietudini di una trentenne piuttosto nevrotica, ma amabile, malgrado tutto, che mentre cercava di decifrare il mistero relativo alla morte della madre si invischiava in una relazione distruttiva con un ragazzino e che alla fine della storia imparava a guardarsi un po' meno addosso e un po' più attorno per riscoprire all'improvviso gli amici e la famiglia.

Apri gli occhi!

Mara Torres, *La vita immaginaria*

Nata è la nostra nuova supereroina. Una supereroina infinitamente triste, però, perché è stata lasciata dal suo fidanzato Alberto, e ha reagito, per usare un eufemismo, malissimo: ha bloccato la sua vita in uno stato di perenne attesa, ostinatamente ferma nel suo credere che il compagno ritornerà. Neanche la presenza delle amiche più care, e la loro santissima pazienza, neanche la sua buona situazione al lavoro, e un florido conto in banca, riescono a contrastare questa ossessione. In parole povere, Nata non vuole ammettere l'evidenza, e neppure digerirla.

Come se non bastasse trova sempre nuove giustificazioni per spiegare la separazione voluta dal suo compagno, costruendosi una «vita immaginaria» in cui la sua sofferenza termina con il ritorno di Alberto, sempre legittimato e alleggerito da ogni responsabilità, perdendo costantemente di vista ciò che conta: se stessa.

Nata non agisce, attende. Incontra Mauro, un tizio sexy che potrebbe essere non l'uomo della sua vita ma una piacevole alternativa, eppure qualcosa la trattiene. Affronta Alberto, ascolta quella verità che non riesce ad accettare, ma niente.

Fino a quando non deciderà di fare un lavoro su di sé, sulla sua autostima e sulla sua crescita personale per affrancarsi e capire che credere in un rapporto è ancora possibile.

...e quindi?

In un crescendo che ci mette a dura prova per l'accuratezza con cui i meccanismi della sofferenza amorosa vengono svelati, questo è proprio il libro che fa per te se hai sofferto o soffri per amore. Se ti capita di arrabbiarti con Nata per la sua ottusa cocciutaggine, è perché vedi in lei quello che forse a volte hai fatto fatica a riconoscere in te, e questo è un elemento importante.

Imbattersi in un romanzo in cui temi come la sofferenza amorosa, la mancanza di autostima, la manipolazione affettiva, la paura della quotidianità, il senso di colpa vengono affrontati con semplicità e verità, può determinare il cambiamento. Quante volte ti sei rifugiata nel mondo della tua fantasia per evitare di guardare una realtà che non puoi modificare? Apri gli occhi, guardati intorno: davanti a te si svelerà un mondo molto più grande e colorato di come lo ricordavi. Sei curiosa, stanca del buio? Via le mani dagli occhi, coraggio.

Accetta il dolore, per riuscire a farlo andare via

Elena Ferrante, *I giorni dell'abbandono*

Olga, sposata con Mario, madre di due figli e proprietaria di un golden retriever, lavora in una casa editrice e vive a Torino, dove si è trasferita dopo aver lasciato la sua città d'origine, Napoli.

Ha una vita «normale», con i classici impegni di donna che si divide tra famiglia e lavoro, cercando di fare tutto nel migliore dei modi possibili.

La sua relazione procede su binari sereni, forse anche troppo, fino a quando, in un momento di scontro, il marito le confessa la necessità di prendersi un momento di riflessione perché sta vivendo una crisi.

Dopo l'iniziale shock, Olga decide di concedergli fiducia e assecondarlo, ma presto si renderà conto che quella richiesta – come spesso capita – nasconde altro. Per lei sarà l'inizio di un percorso travagliatissimo e difficile che avrà un senso, successivamente, proprio per la sua tortuosità, fase dopo fase, dal lutto all'accettazione. Olga vuole capire come e perché la sua vita apparentemente invidiabile è andata in pezzi, e, per farlo, dovrà per prima cosa accettare l'evidenza di quanto successo.

...e quindi?

Eccoci qui, di fronte a pagine che ci sbattono in faccia le difficoltà di una donna disposta a tutto, in particolare ad annullarsi, per riottenere ciò che ritiene essere il punto fermo della sua esistenza. Un dolore accecante, quello di Olga, in cui ognuna di noi dovrà perdersi per poi ritrovarsi, per potersi permettere un nuovo inizio ed essere finalmente protagonista della propria vita.

Consapevole del proprio valore e non appendice di un uomo, in questo caso ipocrita e immaturo.

È un viaggio alla riscoperta di sé, in cui è vietato negarsi il dolore, per imparare poi a lasciarlo andare, anche quando resta l'ultima cosa tangibile dell'amore che si è vissuto. Perché, come ci dice chiaramente l'autrice: «Che complicato schiumoso miscuglio è una coppia. Sebbene la relazione si sfrangi e poi cessi, essa continua ad agire per vie segrete, non muore, non vuole morire».

La realtà è tua alleata, non tagliarla fuori!

Lev Tolstoj, *Anna Karenina*

Eccone un'altra, una donna di carta ma quanto mai reale, destinata ad aver qualcosa da dire a tutte noi, presenti passate e future, giovani e vecchie, felici o infelici: Anna Karenina.

Membro eccellente dell'alta borghesia e moglie di Aleksei Aleksandrovič Karenin, Anna perde la testa per l'affascinante e bastardissimo Vronskij, prototipo di tutti gli uomini da evitare, e la sua difficoltà a osservare con consapevolezza la vera natura dei suoi sentimenti le condizionerà la vita fino alle estreme conseguenze. Certo, lei dovrebbe accorgersi della superficialità della relazione che si trova a vivere, invece, come spesso accade, proietta su di essa un mondo romantico che ha ben poco a che vedere con la realtà. L'eroina tragica del romanzo di Tolstoj non arriva mai a comprendere che il nodo centrale della sua sofferenza è legato all'illusorietà della sua relazione, si arrende a quello che crede essere il fato avverso, senza assumersi la responsabilità della sua frustrazione, e quindi senza agire mai in maniera efficace per uscirne.

In contrapposizione a questa coppia, troviamo invece quella di Levin e Kitty, che con maturità e costanza, ma non senza fatica, coroneranno il loro sogno d'amore, basato sulla complicità e su sentimenti profondi e reciproci.

Non si può rimanere indifferenti alla potenza evocativa di questo classico della letteratura, proprio per il suo raccontare il contrasto tra passione, fatua, per quanto travolgente, e sentimento, inteso come fondamento solido e imprescindibile per la costruzione di una relazione di coppia.

...e quindi?

Avvicinarsi a questo romanzo, senza timori reverenziali e senza esserne preventivamente spaventati, potrebbe essere un forte aiuto se stai vivendo una relazione sentimentale dalle sfumature sofferte e dolorose.

Soprattutto i personaggi di Anna e di Kitty rivelano due modi opposti di affrontare la relazione.

Se ti sei sentita anche tu dilaniata da sentimenti contrastanti, se ritieni di aver bisogno di affrontare a cuore aperto e con lucidità te stessa e la tua storia di coppia, avrai molto da imparare da Anna. Per riuscire ad affrancarti dalla modalità autolesionistica e iniziare a consolidare in te il concetto di benessere personale e relazionale, e anche per imparare ad assumerti la responsabilità dei tuoi sentimenti, senza delegarli in toto alla persona che hai di fronte.

Questa frase, in cui si parla della gelosia di Anna, esprime perfettamente il modo in cui, come fastidiosamente recita il detto popolare, è lei stessa causa del suo male:

> Tutto Vronskij, con tutte le sue abitudini, pensieri, desideri, con tutta la sua struttura spirituale e fisica, per lei era una cosa sola: l'amore; e questo amore che, secondo il suo sentimento, doveva essere tutto concentrato su lei sola, questo amore era invece diminuito; di conseguenza, secondo il suo ragionamento, lui doveva dedicare una parte di quest'amore su altre o su un'altra donna, e lei era gelosa. Non era gelosa per via di qualche donna, ma della diminuzione dell'amore di lui. Non avendo ancora un oggetto di gelosia, lei lo cercava.

Forse non riesci a dirti la verità, forse non riesci a smettere di raccontarti favole. Guarda Anna: è senza tempo perché rappresenta donne di ogni epoca, ed è più vicina a te di quanto immagini. Vedi cosa le succede? Vedi come arriva a creare una spirale di illusioni che la staccano, giorno dopo giorno, dalla realtà?... Forse, come avrebbe dovuto fare Anna, è il caso che ti fermi.

Con un poco di zucchero (e qualche risata) la pillola va giù!

Stefania Bertola, *A neve ferma*

Fra queste pagine incontrerai donne buffe e generose che vivono un quotidiano straordinariamente vicino al nostro, irto di ostacoli e difficoltà relazionali e lavorative: l'ex fidanzato che si fa risentire (mannaggia a lui), il capo lunatico come neanche un lupo mannaro, le zie che, sebbene adorabili, continuano a fare pressione perché tu finalmente ti sistemi, neppure fossi la regina del campo nomadi. Il tutto con grande consapevolezza e un tono di leggera ironia.

Emma, aiuto-pasticciera con una propensione alle relazioni complicate, si butta nel lavoro per non pensare che l'uomo che ama sta per sposare un'altra: pur avendocelo sotto gli occhi, perché Andrea – l'oggetto del desiderio – è figlio del proprietario della pasticceria in cui lei lavora. Al suo fianco, Bianca e Camelia, colleghe e amiche, che come lei vivono un momento di transizione della loro vita, tanto consapevole e lucida la prima quanto svampita e fra le nuvole la seconda.

Intorno a loro una moltitudine di personaggi minori indimenticabili, come la cassiera Cleopatra o Tinco l'aiuto-pasticciere punkabbestia con la sua fidanzata, la sciampista più famosa del momento. Al centro di tutto, un concorso culinario destinato a risollevare le sorti traballanti dell'attività.

...e quindi?

Certi temi vanno affrontati con leggerezza, certi dolori vanno addolciti con un po' di ironia, e magari del cioccolato. Per questo le avventure di Emma sono preziose, perché il tono lieve con cui sono raccontate può essere un ottimo mezzo per sollevarti dai pensieri cupi e renderti in grado di intravedere la luce alla fine del tunnel. Quello che fa Emma, fra mille peripezie, è vivere la fine non voluta della sua relazione con Andrea affrontando il dispiacere con ironia, senza precipitare nella tragedia, pur ammettendo la tristezza che prova. Avviene così un processo di identificazione in positivo, aiutato senza dubbio da scambi come questo:

> «Vuoi andare a casa a piangere? Posso cavarmela con Tinco.»
>
> «No, grazie... Piangerò dopo. Passami i Peccatilly.»

Unico effetto collaterale verificato: l'impulso irrefrenabile di andare in pasticceria, dopo la lettura, per impregnarsi dell'aroma dei dolci. Ma siamo sicuri che sia così collaterale?!

......▶ Non sei ancora stanca di avventure zuccherate e amori che profumano di torte? Guarda cosa succede a Greenie in *Del prendere distanza (per vederci meglio)* facendo un salto a p. 157.

Facciamo un gioco?

Ricordi quando Ruth lascia la casa del marito per scappare con Idgie?

In quel momento ha scoperto da poco di aspettare un bambino: il senso di protezione verso questa creatura in arrivo determina in qualche modo il suo istinto di fuga.

È come se solo allora Ruth si rendesse conto che quella relazione la sta annientando: e si vede per la prima volta anche lei indifesa e bisognosa di protezione, come il suo bambino.

Ora veniamo a te: non è necessario avere un marito che ti picchia per capire che sei al centro di una relazione che non ti fa stare bene. Né è necessario diventare madre per riconoscere in te una vulnerabilità di cui prendersi cura.

Di sicuro hai dentro lati sensibili che, se toccati, ti causano disagio: prova a pensare, anziché a come cambiarli, a come invece proteggerli e valorizzarli, trasformandoli in punti di forza e caratteristiche positive.

Ruth fugge: nel tuo caso, la soluzione può non essere così estrema. A volte basta semplicemente mettere una distanza tra te e il tuo passato, se in quel passato ci sono ferite che ancora ti condizionano e ti impediscono di sentirti a tuo agio quando sei in coppia.

O magari ti sei accorta che anche nella relazione che stai vivendo oggi il partner ha comportamenti che ti fanno sentire inadeguata: in entrambi i casi, prova a fare una lista.

segue

Insomma, vogliamo che tu faccia un elenco delle tue ferite, di quelle che ancora fanno male.

Deprimente? No, deprimente è non parlarne. Metterle nero su bianco è il primo passo per vederle con chiarezza. Quello successivo è provare a curarle!

Vuotare il sacco è sempre una buona idea, parola di Sam

Accettiamo l'amore che crediamo di meritare.

STEPHEN CHBOSKY, *Noi siamo infinito*

QUESTA volta non siamo di fronte a nessuna protagonista. Parliamo di Sam, ma non è lei il centro di *Noi siamo infinito*, il bellissimo romanzo in cui «abita». È, per la precisione, la ragazza di cui Charlie, il protagonista vero, si innamora: per questo motivo la vediamo sempre un po' attraverso lo sguardo adorante di lui. Nonostante questo, o forse proprio per questo, Sam è un personaggio femminile piuttosto indimenticabile. All'apparenza è la classica ragazza che tutte, a un certo punto della vita, avremmo voluto essere: molto carina ma in maniera anticonvenzionale, abbastanza intellettuale da poter parlare di dischi e libri con cognizione di causa, ma anche capace di gesti un po' selvaggi. Una delle prime cose che fa, nel libro, è stare in piedi sul cassone di un pick-up lanciato a tutta velocità in un tunnel della città, di notte, tra le luci, mentre la radio passa *Landslide* e lei spalanca le braccia nell'aria, come se stesse volando.

Sam si scatena al centro della pista al ballo della scuola, canta, va alle feste ed esce con i ragazzi, sempre in bilico tra l'essere un po' preppie e un po' cattiva ragazza, ma tutto con una grazia pazzesca. Maledetta, penserai tu, ma aspetta, Sam ti conquisterà.

C'è un momento che segna un grosso mutamento nel personaggio all'interno del libro, ed è quando Sam, la sera di Natale, confessa a Charlie con tono casuale di essere stata baciata per la prima volta a sette anni, da un amico di suo padre. È un'affermazione che non ti aspetti: rileggi la frase due o tre volte, per essere sicura di aver capito bene. E sì, è andata proprio così: a volte la verità è cruda e terribile. All'improvviso Sam è triste, e noi con lei.

Quello che fa Sam con Charlie è molto più che raccontare semplicemente un aneddoto del suo passato: in quel momento, è come se ammettesse per la prima volta con se stessa e a voce alta che quello che è accaduto non era «normale», anche se lei, per conviverci per anni e anni, ha dovuto indorarsi la pillola e ridurlo a un episodio trascurabile accaduto quando era bambina.

Raccontare qualcosa che ti fa soffrire, soprattutto se legato alla tua relazione di coppia, è ammettere che quel qualcosa, a dispetto di tutto, non ti sta bene. È smettere di giustificarlo, di accantonarlo, ignorando il malessere che ti provoca. Un sacco di volte ti sarà successo di evitare di parlare di qualcosa di scomodo, che magari è capitato solo una volta e che per questo credi di poterlo relegare in un angolo, senza conseguenze. O magari, al contrario, è qualcosa che succede con cadenza quotidiana, tanto che una parte di te è arrivata a considerarlo quasi accettabile. Be', non lo è: e la prova è sia nel disagio che senti quando accade, sia nel fatto che l'idea di dirlo ad alta voce a qualcuno ti blocca, come se, nel momento in cui esce dalla tua bocca, diventasse per la prima volta davvero reale. Forse hai sempre evitato di buttar fuori quel groppo alla gola pensando di voler scongiurare i giudizi altrui, ma è invece probabile che, sotto sotto, stessi cercando di non affrontare il giudizio più importante: il tuo.

Avere qualcosa di cui senti che non puoi parlare innesca un meccanismo autodistruttivo e molto pericoloso: ti vergogni di qualcosa di cui, probabilmente, non sei colpevole. E la vergogna è un coltello piantato del cuore, che tu non ti meriti.

Aver lasciato un non detto lì a sedimentare nella tua testa e nella tua pancia, tutto questo tempo, l'ha reso un blocco di cemento, che ti tira giù ogni volta che cerchi di aprire le braccia e volare fra le luci al neon sulle note della tua canzone preferita. La soluzione è tuffarsi: scegliere un momento di coraggio, scegliere una persona, e dirlo. Dire la verità, rivelare quello che ti fa stare male, senza fronzoli. Dopo ci sarà il tempo per arricchire il racconto di dettagli e spiegazioni, ma il primo gesto fondamentale è scegliere qualcuno di cui, a pelle, hai fiducia, e buttare fuori il famoso rospo. Insomma, vuotare il sacco è sempre una buona idea.

Dopo aver raccontato a Charlie del suo terribile primo bacio, Sam piange a lungo, e Charlie con lei: ed entrambi accettano quelle lacrime, perché sanno che, a volte, concedersi di piangere lava l'anima e la restituisce davvero nuova e pulita, sciacquata via da tutta l'amarezza. Far diventare reali le cose nascoste e dolorose serve a sconfiggerle e a liberarsene, per poter andare avanti senza fantasmi e agire davvero in piena coscienza di chi sei e che cosa desideri.

Dopo aver parlato con Charlie, dopo essere stata accolta e confortata, Sam inizia un percorso diverso, in cui è lei a decidere, con estrema consapevolezza, la direzione da prendere. Ed è questa l'ispirazione più grande che può lasciarci questo personaggio: un atto di coraggio, confronto e apertura, può davvero diventare il modo per liberarsi del dolore, e imparare ad accettarlo come qualcosa che è successo, ci ha fatto male, e che abbiamo deciso di non far succedere più.

...Sicura di non avere qualcosa da dirti?

Chiara Gamberale, *Per dieci minuti*

«In ogni essere umano esistono facoltà latenti attraverso le quali egli può giungere alla conoscenza del mondo.» Queste sono le parole con cui si apre questo bel romanzo, una vera e propria dichiarazione di intenti che, ne siamo certi, tocca profondamente chi come te si appresta ad affrontare un percorso di cambiamento.

Chiara, la protagonista, vive un momento di crisi

personale che l'ha bloccata psicologicamente ed emotivamente: suo marito, dopo molti anni di matrimonio, e di fidanzamento prima, l'ha lasciata. E lei, caso strano, è ancora impantanata nella tristezza per questa relazione finita. Ti ricorda qualcuno?

Su suggerimento di una psicoterapeuta dovrà per un mese, per dieci minuti al giorno, fare qualcosa che non ha mai fatto in vita sua. E forse neanche mai pensato di fare.

Per lei anche cucinare i pancakes o usare lo smalto fucsia rappresenta una sfida reale, qualcosa di molto difficile da attuare: ma questo esercizio, proprio perché faticoso, aiuterà Chiara a conoscersi e rinnovarsi e sarà un incentivo per cercare stimoli e idee, scoprendo l'inaspettato.

...e quindi?

Ti consiglio la lettura di questo romanzo se stai vivendo una situazione simile a quella di Chiara o vuoi cambiare qualcosa della tua vita, perché ti stanca e ti sta stretta come una gonna a vita alta dopo il pranzo di Natale.

Se ritieni di essere in stallo emotivo e psicologico, questo libro offre una chiave valida ed efficace per mettersi in discussione.

Partendo dal presupposto che sia importante sgravarsi del peso di un'emozione trattenuta, di un pensiero che potrebbe diventare ossessivo, seguire l'esempio di Chiara è un valido aiuto per sbloccare una situazione. I blocchi della Lego sono belli, i blocchi di cioccolato pure e persino certi bloc-notes, ma i blocchi emotivi non piacciono a nessuno. Meno che meno a te.

Fai caso al passaggio in cui Chiara riesce, dopo un po' di fatica, ad affrontare la sua storia e la sua sofferenza parlandone con la madre. In quell'aprirsi c'è uno dei momenti topici che possono significare che qualcosa sta cambiando. Questo tipo di apertura agli altri, una madre come un amico, può avvenire solo se prima ti apri con te stessa. E allora cosa aspetti? C'è sempre tempo per aver paura, adesso non è il momento!

...E se bastasse un «Ciao, come stai?»

Rocco e Antonia, *Porci con le ali*

Questo libro, pubblicato nel 1976, è un vero e proprio manifesto degli adolescenti della stagione del Sessantotto, ma è godibilissimo anche per chi adolescente non lo è più, né lo è stato in quegli anni.

«Diario sessuo-politico di due adolescenti» recita il sottotitolo, quindi sì, vale la pena di andare oltre la prima pagina!

Rocco e Antonia – sono gli pseudonimi con i quali firmarono il libro i due autori, Marco Lombardo Radice e Lidia Ravera – ci raccontano la loro relazione sentimentale e tutti gli aspetti a essa legati, compresa la ricerca di autoaffermazione attraverso la scoperta e la rivelazione di se stessi.

Non potrebbero essere più diversi, questi due. Rocco è il classico maschietto un po' spaccone, che camuffa i sentimentalismi con l'indifferenza e una certa sbruffonaggine. Al contrario, Antonia, ovviamente più matura del suo compagno, è in bilico tra l'emotività dei sedici anni e un certo tipo di consapevolezza femminile e femminista, contestualizzata in quell'epoca.

La storia racconta un primo amore sui banchi del liceo e nelle piazze delle manifestazioni, piuttosto banale a pensarci bene, ma reso speciale dall'identificazione da parte di chi legge non tanto nelle vicende vissute dai due protagonisti, quanto nel loro sentire: l'innamoramento, gli screzi, i litigi, il confronto. Tutte cose attraverso le quali, prima o poi, si passa, e che restano in qualche modo una costante della nostra vita sentimentale.

...e quindi?

La storia dei due giovani protagonisti ti parla dell'importanza che deve avere all'interno di una relazione il comunicare, l'esprimere in modo chiaro le proprie aspettative e i propri bisogni.

Ciò che determina la frattura della loro relazione non sono tanto il bisogno e la necessità di mettersi alla prova e sperimentare nuovi mondi, anche dal punto di vista sessuale, ma il fatto di non rivelarsi nei propri sentimenti, lasciandosi condizionare dal contesto.

Pagina dopo pagina, insieme a Rocco e Antonia, non potrai far a meno di sentir crescere dentro di te la domanda: «Cosa sarebbe successo se?...»

Se io fossi stata meno testarda, se lui fosse stato più attento, se io fossi stata meno orgogliosa e se lui fosse stato meno spaccone. E se... e se i porci avessero le ali?

Ecco, se ti sei trovata, o lo sei ancora, in una situazione simile, forse conviene iniziare a riflettere sul fatto che riuscire a dichiarare un proprio sentimento a qualcuno è il primo passo per identificarne i contorni, rapportandosi in modo costruttivo con se stesse e poi con l'altro.

E se... e se a volte bastasse decidersi a chiedere «Come stai?» o a rispondere a questa domanda?

Chiodo scaccia chiodo? A volte sì, e serve pure a vuotare il sacco

Sara Gruen, *Acqua agli elefanti*

Jacob, da un ospizio dove sta trascorrendo in solitudine e tristezza i suoi giorni, decide di raccontarci l'incredibile storia della sua vita, e ascoltarlo è un piacere.

Giovane veterinario, dopo la morte improvvisa di entrambi i genitori, affranto dalla perdita e solo al mondo, decide di unirsi al circo dei Fratelli Benzini.

Sono gli anni Trenta della Grande Depressione americana: i circhi itineranti, quelli delle bestie feroci e dei freaks, sono diventati l'unico mezzo per divertire e allontanare le persone dalle miserie della quotidianità. Come potrai immaginare l'attivismo animalista e le politiche di tutela per i portatori di handicap sono ancora lontani...

In quel circo Jacob crescerà, imparando a farsi strada tra le rigide gerarchie circensi, e ad avere a che fare con i più disparati tipi di umanità. Ma soprattutto incontrerà Marlena, la bellissima e affascinante acrobata, addestratrice di Rosie, l'elefantessa, nonché moglie del complicato e pericoloso August Rosenbluth, direttore del circo e domatore.

Dal loro incontro esploderà una passione forte e inarrestabile, che li travolgerà portandoli alle conseguenze più estreme, cosa che, peraltro, Jacob sa bene: «Poi mi stendo sulla coperta e scivolo in un sogno su Marlena che probabilmente mi costerà l'anima».

...e quindi?

In questo romanzo l'amore nei suoi aspetti più assoluti e irrazionali è al centro, insieme al bizzarro mondo del circo e dei suoi animali: come dimenticare l'amatissima elefantessa Rosie?

Jacob e Marlena, fin dai primi incontri, cedendo alla reciproca attrazione, si confessano i loro sentimenti. È un momento molto intenso e romantico, che non si esaurisce però in un'atmosfera di cherubini, nuvolette e cornetti Algida sulla spiaggia di Riccione. Ha infatti una doppia valenza: per Marlena quell'occasione di verità serve a esprimere, forse per la prima volta, il disagio che prova all'interno della relazione con suo marito. Marlena non ammette soltanto di essersi innamorata di Jacob, ma riconosce anche la problematicità del suo matrimonio. Causa di questo malessere profondo sono le continue vessazioni di August, violento e instabile, ai danni non soltanto della moglie, ma anche dell'adorata elefantessa Rosie.

Solo con Jacob Marlena trova la forza di raccontare un'inquietudine che risiede in lei da tempo immemorabile, scoprendo anche che l'amore può essere una forza positiva per attuare il cambiamento. A volte, infatti, è proprio il desiderio di una relazione nuova e diversa che ci dà il coraggio di staccarci da un rapporto malsano, che si trascina da tempo, causando solo sofferenza.

Se lui è un verme... non sei tu a dover strisciare!

Guy de Maupassant, *Bel-Ami*

Eccolo qui, è di fronte a te, il terrore della donna di ogni tempo. Ti ammicca dalle pagine di questo romanzo e tu già un po' lo odi e un po' lo ami: Georges Duroy, arrampicatore sociale, cinico, egocentrico, manipolatore e molto narciso. Insomma, un uomo che dovrebbe andare in giro con la scritta ALLA LARGA! tatuata sulla fronte.

Georges arriva a Parigi dalla provincia e, con una serie di abili manipolazioni, e pochi pochissimi meriti personali, riesce a diventare giornalista di una nota rivista francese, anche grazie all'aiuto del suo vecchio commilitone Charles Forestier.

Ed è proprio attraverso lui che incontrerà colei che, fresca fresca di vedovanza, diverrà sua moglie, Madeleine

Forestier. Notate una vaga somiglianza fra i cognomi? Non è un caso: Georges sposa la vedova del suo vecchio e purtroppo nel frattempo defunto amico.

Donna dalla grande intelligenza e capacità, come spesso capita, non riesce, ahimè, a usare queste sue abilità innate per scegliersi il compagno. Destino comune a tante donne intelligenti, quello di innamorarsi come sceme. E così, attraverso le sue doti intellettuali e sociali, Madeleine aiuterà il nuovo coniuge a ottenere tutto il successo e il lusso che lui ha sempre desiderato più di ogni altra cosa al mondo.

Ma presto questo rapporto si modificherà radicalmente e la sola cosa a rimanere immutata sarà l'arrivismo dell'uomo, che utilizzerà ogni mezzo per ottenere ciò che vuole.

Anche in campo sentimentale.

...e quindi?

> «Ah! il farabutto, come ci ha giocati... Però è in gamba. Avremmo potuto trovare molto di meglio come posizione, ma non come intelligenza e come futuro. È un uomo che ha un futuro.»

Che personaggio questo Georges Duroy! Non si può rimanere indifferenti davanti alla sua grande abilità manipolatoria e al suo modo di fare obliquo e affascinante, è naturale esserne tentate.

Ricorda però che il mondo è pieno di uomini del genere, in grado di raggirarti e sfruttarti, pur non avendo il suo desiderio di ascesa sociale ma solo un insano istinto di sopraffazione emotiva. Forse ti conviene prendere come esempio Madeleine e ispirarti a lei: è una donna che ha la forza e la capacità di contrastare il marito sotto molti punti di vista, e, tra i due, è lei quella che ha davvero talento giornalistico. Se solo lo volesse, potrebbe rivelare tutto ciò che sa, mettendo Georges per sempre a tacere: ma sceglie di non farlo perché sa di poter contare su di sé e sulle proprie capacità sempre e comunque. Insomma, un esempio, ma un esempio vicino a te: perché, come ti sarà sicuramente capitato, si innamora come una scema del tipo sbagliato, ma poi la scemenza di abbassarsi al suo livello mica la fa! Perché lei è superiore, e lo sa. E tu?

A proposito di tipi sbagliati... Non ti viene in mente un grande classicone di cui abbiamo parlato da poco? Anche Vronskij è irrimediabilmente sbagliato, eppure Anna... Torna alla sua scheda, a p. 126, si chiama *La realtà è tua alleata, non tagliarla fuori!*

...Posso dirti un segreto?

Gustave Flaubert, *Madame Bovary*

Un capolavoro assoluto della letteratura francese e mondiale. Esageriamo? No, in questo caso proprio no: Emma non si tocca. Sentite qui: Charles Bovary, un ufficiale sanitario, dopo essere rimasto vedovo incontra e sposa la giovane e bella Emma, una semplice ragazza di campagna cresciuta con la passione per i romanzi di appendice, particolarmente romantici, e con il sogno di vivere nel lusso e nella ricchezza. Non si può dire che Emma sia brillante, ma, dall'altro lato, non si può dire nemmeno che non lo sia! Il suo peggior difetto è di vivere in maniera superficiale, senza mai dare né ascolto né voce al suo io più profondo.

Presto questo matrimonio, soprattutto dopo la nascita della figlia, inizia a prendere una piega ambigua e complessa, insoddisfacente in modo particolare per Emma, divorata dalla noia e da quella che forse oggi si chiamerebbe tout-court «depressione post partum».

Proprio per sfuggire a questa vita tediosa, Emma cederà presto al corteggiamento di un giovane studente, come lei attratto dal denaro e dal lusso, ma presto la loro relazione finirà. La nostra amica ormai però ci ha preso gusto: vede nella relazione extraconiugale il solo modo in cui sentirsi viva. Fino al colpo di scena finale, che non sarà piacevole per nessuno.

...e quindi?

Tantissime sarebbero le cose da dire, lo sappiamo, ma ora vogliamo soffermarci su Emma e su una domanda: quale avrebbe potuto essere il suo comportamento e cosa sarebbe successo al suo matrimonio se avesse espresso tutti i suoi bisogni e le sue necessità? Se avesse avuto un'amica, per esempio, una cugina, un gatto, anche solo una connessione internet!

Se solo avesse parlato, condiviso con qualcuno quel malessere che presto l'avrebbe resa folle, come sarebbe andata?

Ecco, la sua figura può permetterti di capire quanto sia sempre più utile e liberatorio trovare qualcuno in grado di condividere i tuoi segreti, anche solo per poterli esprimere senza la necessità di ricevere in cambio un giudizio gratuito.

> Non avevano nient'altro da dirsi? I loro occhi, però, traboccavano di parole più gravi. Mentre si sforzavano di trovare frasi banali, si sentivano riempire tutti e due da uno stesso languore. Era come un mormorio dell'anima, profondo, continuo, che l'aveva vinta sulla voce. Stupiti da questo nuovo, soave sentimento, non pensavano neppure a spiegarne il senso, a scoprirne la causa. Le felicità future, come le rive dei tropici, proiettavano, sulla immensità che le precede, il loro molle sentore come una brezza profumata: si scivola in quell'estasi e non importa se l'orizzonte non si vede.

Ricordati di non lasciare i tuoi occhi traboccare di segreti. Apri la bocca, parla, condividi, analizza: e salva te stessa con l'aiuto di chi ti circonda.

E se... e se Emma avesse avuto delle buone amiche come quelle di Vivi, le mitiche Ya-Ya Sisters? Torna a dare un'occhiata (p. 110) alla scheda *Ma se un'amica è per sempre... Per quattro quanto fa?*

Facciamo un gioco?

Sam è un personaggio che a noi piace moltissimo: in lei convivono la ragazza divertente e coraggiosa che affronta la vita con un po' di incoscienza e la giovane donna preoccupata per il suo futuro. Ha un'idea precisa della vita che vuole, pur con tutte le difficoltà del caso. A farle da specchio, quando decide di raccontare il suo passato, c'è Charlie: è proprio lui che accoglie, comprende e accetta Sam in tutte le sue sfaccettature.

Però adesso basta parlare di Sam, tocca a te: ripensa a un momento della tua vita in cui ti sei sentita a disagio o che hai identificato come un punto di non ritorno, un momento che ti ha cambiata per sempre.

Ricordi il famoso quadernino? È ora di tirarlo fuori di nuovo e di metterti lì a scrivere una lettera a Sam raccontandole l'accaduto come se fosse appena successo. Chi meglio di lei può capirti?

Fatto? Bene, ma non finisce qui: adesso scrivi a Charlie, mettendo però nella giusta prospettiva temporale il racconto, ovvero nel passato. Lascia passare qualche giorno e poi rileggiti: che effetto ti fa?

Il senso di tutto questo è semplicemente vedere nero su bianco che c'è qualcosa che, pur essendo accaduto tempo fa, può ancora condizionarti: circoscrivendolo, puoi lasciartelo alle spalle, metterlo in uno sgabuzzino, lanciarlo fuori dalla finestra. Insomma, puoi davvero farne ciò che vuoi, ma soprattutto puoi liberartene!

Impara con Annie, apri gli occhi! Eccola, si chiama realtà (e non è affatto male)

> Per gran parte dei suoi quarant'anni aveva creduto fermamente che, non facendo le cose, poi si evitavano i rimpianti, quando era chiaro che era vero il contrario. La giovinezza se n'era andata, ma forse le rimaneva ancora un po' di vita.
>
> Nick Hornby, *Tutta un'altra musica*

Annie ha quarant'anni e sta con Duncan da tempo immemore, tollerando in maniera più o meno conscia tutta una serie di cose – di lui e della loro relazione – senza porsi troppe domande. In particolare, sopporta stoicamente l'ossessione di Duncan per Tucker Crowe, cantante semisconosciuto ormai ritiratosi dalle scene, per il quale Duncan e un manipolo di altri nerd musicali hanno una passione smisurata al confine con lo stalking, che alimentano a vicenda attraverso forum e scambi su internet. Emblematico è il momento in cui Duncan porta Annie a visitare lo squallidissimo bagno di un locale di Minneapolis, nel quale, così narra la leggenda, Tucker prese la decisione di ritirarsi per sempre dal mondo dello spettacolo.

Come se non bastasse, il noiosissimo Duncan (resisti, non annegare tra gli sbadigli, a breve smetteremo di parlare di lui e arriveremo a Annie e soprattutto a te!) pensa bene di iniziare una relazione con una sua collega. Annie lo coglie in flagrante e decide di andarsene. Anche quando si pente e le chiede di tornare, lei resta ferma sulle sue posizioni, scoprendo, forse per la prima volta, che la sua vita precedente le faceva abbastanza schifo, e che non ha intenzione di riprendersela così com'era.

In tutto questo marasma, per una serie di eventi più o meno fortuiti, Annie entra in contatto diretto con il (poco) famoso Tucker Crowe, e iniziano una relazione, dapprima platonica, basata sull'ammirazione ascoltatrice/musicista, e poi, be', meno platonica.

Se Duncan è noioso questa Annie ti piace, non è vero? La grandezza del personaggio è tutta nel suo scoprirsi, dopo aver mentito a se stessa per moltissimi anni, incapace di continuare nella menzogna. Annie ha sbattuto il naso contro la realtà: lo stesso Tucker, passato il momento dell'infatuazione iniziale, e al netto del suo indiscusso talento musicale, è un uomo comune, in bilico tra creatività e routine, paralizzato nei confronti della sua famiglia (ha infatti più figli sparsi qua e là per l'America e l'Inghilterra), insomma, un tizio qualsiasi che come valore aggiunto ha quello di aver scritto delle belle canzoni.

Annie ci impiega quarant'anni, ma a un tratto capisce che la sua realtà è un dato oggettivo, né più né meno di quella che le sta intorno.

Guardare la vita in faccia, accettarla e farci i conti in maniera razionale è forse meno romantico del titanismo ottocentesco, ma è di sicuro più pratico, e, soprattutto, ci dà molto più potere.

In primo luogo, ci regala la possibilità di amare le persone per quelle che sono. Cosa che, per inciso, tutti meritiamo. È inutile rivestire di aure scintillanti uomini normali: prima o poi scopriremo che l'ombra sul muro non è il mantello da supereroe, ma il vestaglione di flanella regalo di mammà. Lì la delusione sarà grande, ma potremo incolpare solo noi stesse: lui ce l'aveva detto subito che era freddoloso e che non sapeva volare. Il che, voglio dire, va anche bene: chi ha bisogno di un supereroe, quando abbiamo accanto un morbido orsacchiotto che ci scalda piedi e cuore nei rigidi inverni?

Allo stesso modo, rendersi conto in maniera quanto più oggettiva possibile dei limiti e delle mancanze di una storia che abbiamo chiuso, o che è terminata contro la nostra volontà, ci rende più facile lasciarla andare senza idealizzarla come l'ultimo treno perso in direzione della felicità con la «F» supermaiuscola. E ha come utilissimo effetto collaterale la creazione di uno standard: sappiamo già che noi, con quella roba lì, non vogliamo più averci a che fare. Che le nostre esigenze sono altre, e che, nella nostra prossima relazione, faremo in modo che vengano rispettate.

Qual è la vita che aspetta Annie? Il finale del libro ce lo fa solo intravedere: ma la cosa che sicuramente ci resta di lei, anche dopo aver girato l'ultima pagina, è la grazia serena con cui riesce a liberarsi in un colpo solo del suo ex fidanzato, della sua vita precedente, di un analista pedante e della piccola città in cui è sempre vissuta.

Pesca dal cassetto un sogno da liberare

Jenny Colgan, *Appuntamento al Cupcake Café*

Issy ha sempre sognato di cambiare vita, di realizzare quei desideri a cui finora ha evitato di dare dignità e concretizzazione. Soprattutto dopo aver superato i trenta, l'età in cui si presume che una donna sia tutta una serie di cose, ed è forse proprio questo il motivo per cui la nostra amica cerca di incastrarsi a tutti i costi in una vita che – sulla carta – è quella giusta e possibile per lei, ma nella realtà non corrisponde neanche un po' a quella che sognava.

Pragmaticamente ha scelto la sicurezza di un lavoro nella City, con il classico stipendio che le assicura una vita dignitosa. Niente di male in questo, ci mancherebbe. E non si può lamentare. Ha anche una relazione stabile con un uomo, che casualmente risulta essere il suo capo, che la appaga. Diciamo, quasi sempre.

Bene. Purtroppo (?) all'improvviso tutto questo precipita: perde il lavoro e di conseguenza anche il fidanzato si eclissa, e allora non le resta che attingere al sogno dentro di lei e dare una svolta alla propria esistenza.

E il suo sogno è quello che ha fin da bambina: cresciuta da un nonno fornaio che le ha trasmesso tutto l'amore per il mondo meraviglioso dei dolci, l'unica cosa che vuole è aprire il suo *Cupcake Café*. E lo farà, oh se lo farà. Tra difficoltà ed errori, Issy capisce che i desideri richiedono impegno, ma che, in ogni caso, vale sempre la pena seguirli.

...e quindi?

Issy è uno di quei personaggi che suscitano nella lettrice un'ambivalenza di sentimenti: da un lato non puoi non rimanere colpita dalle sue vicende (e anche in parte dalla sua sfiga) ma dall'altro ti provoca, facendoti innervosire parecchio, a causa di alcune sue leggerezze e mancanze. È buffa e un po' tonta: a tratti verrebbe voglia di scrollarla forte e vedere se riesce a svegliarsi.

Eppure, come lei, anche tu devi un po' alla volta far emergere la tua consapevolezza, distinguendo ciò che è bene per te, magari portando alla luce quelle parti della tua storia che hanno un valore unico e insostituibile. Guardare in faccia la tua vita, riconoscendone il valore, ma soprattutto mettendo a fuoco quelle situazioni che ti causano insoddisfazione, perché ti sei limitata ad accettare quello che passava il convento.

Il modo migliore per farlo è attingere anche all'infinito mondo di sogni e desideri, e valutare finalmente se e come sono realizzabili. Sono questi che possono diventare lo stimolo per ripartire anche quando pensi di non essere in grado di farlo! Sì, stiamo parlando dei famosi sogni nel cassetto: ma chi ha detto che debbano rimanere chiusi lì dentro?

...Via la spina, via il dolore!

Fannie Flagg, *Pane cose e cappuccino dal fornaio di Elmwood Springs*

Anni Settanta: Dena Nordstrom vive a New York ed è una giovane e bella giornalista di un network televisivo con grandi velleità e ambizioni. È una delle punte di diamante della rete, ma alcuni problemi di salute di tipo psicosomatico la costringono a ritornare al paese d'origine, la piccola e sonnolenta Elmwood Springs, Missouri.

Qui comincerà, pur non avendone nessuna voglia, ad affrontare questioni irrisolte del suo passato, soprattutto legate alla figura della madre, scomparsa anni prima, da un giorno all'altro e senza dare più notizie. Un trauma doloroso che però la ragazza ha sempre scelto di ignorare, come se non fosse mai successo.

Ad accoglierla nel ridente paesino troverà alcuni lontani parenti dal lato paterno, a cominciare dalla mitica zia Elner, e altri personaggi quantomeno bizzarri.

In un continuo alternarsi di flashback, poco alla volta Dena ricostruirà la storia della madre e scoprirà alcuni segreti di cui non era a conoscenza e che ne hanno condizionato la vita: accettando di sapere cosa è successo veramente, al posto di negare che sia accaduto qualcosa, Dena potrà mettere un punto fermo al passato e, da lì, ripartire.

...e quindi?

«Il buon Dio ha dovuto crearle, le persone intelligenti, ma secondo me non gli ha fatto nessun favore, perché cominciano a mettere in dubbio le cose fin dal giorno in cui vengono al mondo.»

Quanta saggezza nelle parole di zia Elner! Non si può non amare la vecchietta svampita e generosa che accoglie Dena al suo arrivo a Elmwood Springs!

Ma non dimenticare, tu in queste pagine sei Dena, la donna bella e vincente, concentrata sulla propria brillante carriera, che potrebbe avere tutti gli uomini ai suoi piedi ma non ne sceglie neanche uno, perché non ha né tempo né voglia di avere una relazione. Quanta parte di te c'è in lei? Non ti è mai successo di nascondere piccole o grandi fragilità, magari senza riconoscerle, accantonandole come se fossero prive di importanza? E non ti sei mai resa conto di quanto proprio queste fragilità abbiano inciso sulla tua salute psicologica e fisica (una su tutte, l'ulcera, la peggior migliore amica che non ti abbandona mai)?

Il ritorno di Dena alla sua città d'origine aiuterà la nostra supereroina a far emergere tutte le sue verità sopite e dimenticate, per poter poi perdonare (la madre) e perdonarsi.

E con questa nuova consapevolezza riuscirà finalmente a mettere se stessa al centro della sua vita, libera da quel dolorino trascurabile ma costante che le spine nel fianco, da secoli ignorate, le hanno nel tempo donato. E tu, là in fondo, non sei ancora pronta a dire addio all'ulcera?

Lo hai già capito che questa autrice ci piace tanto, vero? Qui dentro troverai anche altri due romanzi suoi, vai a dare un'occhiata a *Tutto scorre... Rimpianti compresi!* (p. 164) e al capitolo *Di amore non si muore. Ruth e il coraggio di voltare pagina* (p. 116)!

Gli amori di carta non possono bastare

Jeffrey Eugenides, *La trama del matrimonio*

Madeleine Hanna, la protagonista di questo romanzo, è una ragazza della buona borghesia americana, solidità economica alle spalle e un vivace sguardo sul futuro.

La sua passione è la letteratura vittoriana e i suoi autori prediletti Jane Austen, George Eliot e Henry James, a differenza dei suoi compagni di università, rapiti dalle parole di Roland Barthes e del suo *Frammenti di un discorso amoroso*. E già ci sta simpatica, questa ragazza un po' all'antica.

Rendendosi però conto di essere, per l'appunto, un po' *troppo* all'antica e fuori dal giro decide di iscriversi a un corso di semiotica. Qui incontra Leonard Bankhead, di cui si innamora (o ne è solo convinta?) e con il quale intreccia una relazione.

Il ragazzo è un personaggio complesso: soffre di gravi crisi depressive causate da una probabile sindrome bipolare. Insomma, il tipino giusto da portare a cena dalla mamma, e con il quale iniziare a pianificare il futuro.

Con una svolta un po' beffarda del destino, tipica delle storie degli autori così tanto amati da Madeleine, ricomparirà un suo vecchio amico, Mitchell, che è semplicemente convinto che lei sia la donna della sua vita...

...e quindi?

Tre protagonisti, tutti e tre interessanti, tutti e tre chiamati ad affrontare la propria verità e a rapportarsi a essa per poter essere più centrati e consapevoli di se stessi. In poche parole, ognuno deve maturare.

In particolare però la figura di Madeleine ha una forte valenza all'interno della storia: rappresenta un personaggio al confine tra due mondi, separati da una sottile linea, varcata la quale si può parlare di consapevolezza. Come se da un lato ci fosse la ragazzina drogata di romanzi ottocenteschi, incapace di pensarsi in una relazione che non sia «romantica» secondo determinati canoni, mentre dall'altro c'è la donna che Madeleine può essere, la persona conscia del fatto che l'amore non è solo quello che ci hanno raccontato, ma che può – e deve – trovare una sua connotazione nella realtà che viviamo tutti i giorni.

Spesso questo passaggio richiede un impegno e un rischio: tu sei disposta ad affrontarlo? Non avremmo mai pensato di doverlo dire ma... Alza gli occhi dai libri (dopo aver finito il nostro...), la realtà può essere più divertente!

Del prendere distanza (per vederci meglio)

Julia Glass, *I dolci ingredienti del destino*

Sono tutte pasticciere, queste nostre nuove amiche! Per Greenie questa è addirittura una passione, che ha saputo trasformare in mestiere. Ha un'attività che, dopo una naturale difficoltà iniziale, ha cominciato a girare dandole soddisfazione. È sposata con Alan, psicoterapeuta in crisi personale e lavorativa (ma questi sono dettagli), e insieme hanno un figlio di quattro anni.

Abitano a New York, immersi in una rete di cari amici. Una vita ideale, no? E invece dietro quest'apparenza scintillante si nasconde una profonda insoddisfazione, legata soprattutto alla loro relazione: come se il vero lavoro, quello che causa stress e stanchezza, non fosse cucinare dolci ma portare avanti il matrimonio.

In modo del tutto inaspettato Greenie, complice la sua famosa torta al cocco, riceverà una nuova offerta di lavoro che la metterà in crisi: il governatore di uno Stato del sud degli Stati Uniti le offrirà la possibilità di diventare la sua chef privata...

La decisione – presa in maniera molto autonoma e viscerale – comporterà delle conseguenze, ma il ruolo di prestigio e la possibilità di rimettersi in discussione aiuteranno la donna ad affrontare alcune verità taciute e trascurate. Il cambiamento di prospettiva le donerà una nuova consapevolezza e la farà maturare.

...e quindi?

Se deciderai di leggere questo romanzo, verrai completamente catturata dalle pagine in cui Greenie mette in discussione la realtà del suo rapporto con Alan. Forse perché in qualche modo ti senti chiamata in causa?

La scelta di andare via per lei da cosa è stata determinata? Cosa sobbolliva nella loro quotidianità? Queste sono solo alcune delle domande che l'essere lontana dal marito fa nascere in lei: la distanza fisica diventa un modo per cambiare prospettiva, e notare cose che le erano sfuggite.

Accettare la verità spesso non è facile, proprio come capita a Greenie, ma per lei diventerà un modo per andare avanti e capire molto di sé. Per poi arrivare al finale, credete a noi, completamente inaspettato. A volte cambiare prospettiva aiuta a vedere la tua vita con una distanza nuova, utile a coglierne anche gli aspetti che non avevi mai considerato. Ci stai facendo un pensierino?

Anche il personaggio di Sam ha qualcosa da insegnarti a proposito del tuo rapporto con la realtà, te la ricordi? Torna a dare un'occhiata al capitolo *Vuotare il sacco è sempre una buona idea, parola di Sam* a p. 133!

Facciamo un gioco?

Ispirandoti al personaggio di Annie, che inizia una relazione reale con un'icona della musica, pensa al tuo personale olimpo di figaccioni: non arrossire, tutte ne abbiamo uno! Scegli quello che più ti smuove l'ormone, e parti in quarta con il sogno a occhi aperti. Come sarebbe la tua vita con lui? Attenzione, non parliamo di possibilità economiche, viaggi, atolli deserti, feste sulle colline di Hollywood e shopping sfrenato sulla Fifth Avenue: stiamo parlando di un Ryan Gosling qualsiasi trapiantato nel tuo bilocale.

Elenca tutte le qualità che vorresti che lui avesse: quelle in relazione a te, alle tue amiche, alla famiglia, alla casa. Che cosa, al di là di un aspetto straordinariamente sexy, lo rende il tuo uomo ideale?

E ora pensaci bene... Sei davvero sicura che ci sia bisogno di chiamare in causa un divo internazionale per avere tutte queste qualità concentrate in un singolo ometto? Rifletticì su... ah, e mentre lo fai, butta giù due righe sul tuo quaderno al riguardo! Potresti renderti conto di quello che ti manca nella tua relazione attuale, ma anche di quanto già hai, e che non vedi. E magari accorgerti che quello che cerchi è più realizzabile di quanto credi.

La lezione di Tiziana: trova i tuoi paletti e... fai strike!

> Scema. Sei una scema. Non ci sono altre parole, ma nemmeno servono, perché questa è perfetta per dire cosa sei: una scema.
>
> FABIO GENOVESI, *Esche vive*

TIZIANA è strana. Ma strana forte! Come altro si potrebbe definire una trentenne più che sveglia, laureata e «masterizzata» a Berlino che decide, invece di accettare una delle offerte di lavoro che le arrivano da tutto il mondo, di tornare a Muglione, il paese d'origine, il villaggio sperduto della profonda provincia pisana? Per una sorta di debito etico che sente di aver contratto con la sua terra, per giunta. È come se, dopo un'avventura cosmopolita e indimenticabile, sentisse di dover restituire all'Italia e in particolare a quel paesino della Toscana più sfigata e meno turistica le possibilità di cui ha usufruito.

Altro che fuga dei cervelli! Tiziana è un cervello che torna, e con un progetto ambizioso: creare all'interno dell'Informagiovani locale una realtà di confronto stimolante e prezioso per i ragazzi del paese, attraverso la quale far nascere in loro il desiderio – che per lei è stato spontaneo – di allontanarsi dal modello provinciale in cui sono vissuti fino a quel momento, sognando ambiti diversi in cui confrontarsi. Insomma, ricreare un pezzetto di quel mondo che tanto le è piaciuto a casa sua, mettendolo alla portata di altri ragazzi che, come lei, potrebbero sentire forte l'impulso di migliorare se stessi e la loro realtà.

Una gran bella idea, in teoria. Ma poi arriva la pratica a far crollare il sogno come fosse un castello di carte. Presto Tiziana si rende conto che l'ambiente che la circonda non corrisponde in alcun modo alle sue aspettative, e che la cosa non accenna a cambiare. Niente da fare: si lascia andare e precipita nello sconforto. Attimo di giustificata disperazione e panico. Ma non è finita qui, perché il destino è un clown beffardo e dispettoso e ha in serbo un brutto (?) tiro. Contro ogni probabilità, la nostra bella, intraprendente e intelligentissima protagonista si trova inspiegabilmente attratta da Fiorenzo, diciannovenne metallaro con cui ha in comune solo e soltanto una passione per i film horror di serie B. E attratta davvero, in quel senso, signore e signori, mica stiamo parlando di un mero afflato intellettuale ispirato dal mostro della laguna e altre simili amenità! Tiziana con Fiorenzo ci vuole proprio fare cose.

Quando si rende conto che – davvero! – lui le piace, la sua prima reazione è di rifiuto: le parte nel cervello una tiritera infinita il cui nodo centrale si può riassumere nella frase: «Oddio che cosa mi sta succedendo? Io non sono così».

È qui che vi voglio, signorine. Quante volte capita di pensare «Io non sono così» mentre il vostro stomaco e le vostre ovaie gridano all'unisono nella stessa direzione (che, per inciso, è l'opposto di quella che credete la «vostra»)? Quello che ci frena sono quei paletti che ci portiamo dietro da tempo immemore e che in qualche modo definiscono ciò che siamo, agli occhi degli altri ma soprattutto nella visione che abbiamo di noi stesse.

Ci sono paletti e paletti, nota bene, e non tutti vengono per nuocere, anzi: molti di essi servono proprio a evitare che andiamo a cacciarci in guai brutti, al termine dei quali ci ritroviamo sole e ferite su un campo di battaglia costellato di cadaveri (ok, forse stiamo esagerando un po', ma è solo per essere sicuri che sia chiaro il concetto!).

Poi, però, ci sono quegli altri paletti, che di solito non ci assomigliano mica così tanto. Nascono da una serie di convenzioni prestabilite che magari hanno smesso di rappresentarci da secoli, ma che non abbiamo mai voluto o avuto modo di mettere sul serio in discussione. Ecco, più o meno questo è quello che succede a Tiziana e che sicuramente sarà capitato anche a te. Devi renderti conto che vorresti vivere una situazione, che magari non ti aspettavi ma in cui forse dentro di te speravi, eppure la prima cosa che pensi, più o meno consciamente, è che «non si fa».

Prova a riflettere: di solito se qualcosa non si fa è perché è una cosa brutta, che fa stare male noi o gli altri. O ingiusta, o illegale, o nociva per qualcuno o qualcosa. In quel caso, appunto, stiamo parlando di paletti sani e giusti. Ma, nel caso dell'attrazione assurda di Tiziana per Fiorenzo, si tratta di qualcosa che, sulla carta, non va bene per mera convenzione sociale. Perché il «che cosa dirà la gente» è un cartello di divieto vero e proprio, che si erge davanti a lei sbarrandole la strada. Già, perché a dispetto di tutta la sua cultura e la sua esperienza all'estero, Tiziana ha ancora dentro la voce del paese che la tiene legata a un modo pregiudiziale di valutare le possibilità che si presentano. Quello che blocca la protagonista sul punto di tuffarsi in questa storia un po' strampalata non è il pensiero di poter soffrire, o far soffrire qualcuno: è, al contrario, l'incapacità di immaginarsi in una situazione inattesa, che però, nel profondo del cuore, desidera. E non è detto che i desideri vadano sempre nella direzione in cui cerchiamo di incanalarli: anzi. Ma è proprio questo il bello! Abbandonarsi a qualcosa che non avevi programmato, che non avresti mai immaginato, che un po' ti stuzzica un po' ti travolge. E, anziché dire «no», provare a chiedersi «perché no?» Se la risposta dipende da un preconcetto, da un meccanismo mentale stantio, da una proiezione di te arcigna e abitudinaria, allora puoi provare a metterla a tacere. Come fa Tiziana: sei curiosa di sapere come va a finire? Puoi scegliere di leggere questo libro. O, ancora meglio, di diventare tu la protagonista di una storia come quella di Tiziana, buttando giù a uno a uno tutti i paletti che hai davanti.

Tutto scorre... Rimpianti compresi!

Fannie Flagg, *Miss Alabama e la casa dei sogni*

Maggie Fortenberry è quella che si può tranquillamente definire un'affascinante signora di sessant'anni. Lavora come agente immobiliare, condivide molto del suo tempo libero di donna single con le sue amiche del cuore, Brenda e Ethel, e conosce almeno quarantotto modi di piegare un fazzoletto! Ex Miss Alabama, e quasi Miss America, dopo aver condotto un'esistenza in modo mirabile e irreprensibile, vive però sprofondata nei rimpianti: niente di quello che sognava si è avverato, né un matrimonio felice, né una nidiata di figli, né una bella casa elegante. Meravigliosamente composta, si siede al tavolo di cucina e butta giù una lista ordinata di ragioni perfettamente valide per buttarsi nel fiume.

È un suicidio pensato, programmato nei dettagli – Maggie è una perfezionista – e sempre... rimandato! Infatti a causa di tutta una serie di buffi inconvenienti, la nostra eroina non riuscirà a portare a termine il suo intento. E non solo! Lasciando andare per la prima volta la parte di sé più pignola, precisetta e inflessibile, Maggie imparerà che la vita può cambiare, riservare ancora sorprese, ricominciare a essere bella, e tutto tranne che finita...

...e quindi?

Non farti scoraggiare dall'apparente superficialità della figura di Maggie. La sua personalità è molto più complessa e quello che sente, anche se raccontato con i toni di una fiaba, è comune a tanti.

Fondamentalmente la donna – anziana? No. Assolutamente no! – deve solo affrontare una serie di prove per rendersi conto di quanto abbia ancora da «vivere». E smettere di pensare a se stessa come a una figura cristallizzata nel passato e negli errori commessi: il bello del tempo che scorre è proprio che spesso porta via con sé anche la gravità delle cose che ci sono sempre sembrate imperdonabili.

Certo, Maggie deve prima scrollarsi di dosso alcune sovrastrutture per poi potersi dedicare al nuovo percorso, ma si accorgerà che può farlo, fino a ritrovarsi a pranzare, sbevazzando in allegria, con la sua diretta concorrente, «la Bestia di Birmingham», l'agente immobiliare più odiosa dell'Alabama.

Quanta fatica stai facendo tu a uscire da un'abitudine che ti sei forse costruita da sola (e gli eventi hanno contribuito a costruirti intorno)? Cosa pensi che possa succedere cambiando percorso?

La nostra Miss Alabama non ti ricorda un po' la mamma di Zippy nel momento in cui si alza dal divano e decide di cambiare la direzione della sua vita? Vai a darle un'occhiata a p. 35 in *Non è mai troppo tardi per invertire la rotta del tuo destino!*

Principi o pregiudizi? Mantieni solo i paletti «buoni»!

Louisa May Alcott, *Una ragazza fuori moda*

Non c'è niente da fare: con questo romanzo l'autrice di *Piccole donne* fa ancora centro, regalandoci un'altra eroina senza tempo, Polly Milton, una semplice ragazza di campagna figlia di un pastore di paese.

Invitata a trascorrere alcuni giorni in città dalla cara e vezzosa (e ricca!) amica Fanny Shaw, la nostra Polly si troverà catapultata in un mondo festoso e modaiolo in cui, per la verità, non c'entra niente. In questo contesto conosce Tom con il quale all'inizio – ma bada bene, all'inizio – si scontrerà.

In questa realtà cittadina e raffinata, Polly non sa come muoversi: sembra che tutto, dai suoi capelli ai suoi valori, sia strano e criticabile. La cosa la scombussola, portandola, in un primo momento, a radicarsi ancora di più sulle sue posizioni, nascondendosi dietro al disprezzo di quel mondo da cui non si sente accolta. Solo imparando a conoscere una vita diversa dalla sua, però, capirà che per mantenere i suoi ideali non è necessario irrigidirsi e rifugiarsi in una torre d'avorio: lasciarsi andare, ogni tanto, a qualcosa di nuovo, può essere divertente e formativo, e non corrompe in maniera irrecuperabile la nostra integrità, anzi, ci arricchisce.

Sei anni dopo, Polly tornerà in città, ma ormai avrà imparato a capire non solo questo mondo, ma anche i suoi paletti interiori, e a conciliare i due aspetti. Grazie alla sua nuova consapevolezza otterrà un duplice e fortunato cambiamento: lei riuscirà ad ammorbidirsi e a capire la realtà che la circonda riconoscendone i pregi; d'altra parte, grazie a quella parte genuina di valori che ha saputo mantenere, riuscirà ad aiutare i suoi amici cittadini, che sei anni dopo non se la passano granché bene...

...e quindi?

Polly è un personaggio meraviglioso: pieno di vitalità e forza, che riesce a costruirsi la propria vita in modo indipendente e senza condizionamenti.

Anche nel momento in cui la ricca famiglia Shaw dovrà modificare il proprio stile di vita a causa di un rovescio economico, sarà proprio la giovane Polly, diventata insegnante di musica, a dimostrare la sua generosità aiutando gli Shaw, e soprattutto Tom, a risollevarsi.

Ma anche lei, inserita in una realtà diversissima da quella che conosce, dovrà imparare a cambiare, cercando di farne parte proprio per l'affetto che prova verso le persone che la abitano; in questo modo, eliminerà dalla sua vita alcuni condizionamenti, i famosi paletti che, all'inizio del romanzo, la portano a etichettare come sbagliati tutta una serie di atteggiamenti a lei incomprensibili. Una lettura piacevole e utile quando ti rendi conto di giudicare un po' troppo situazioni o persone che ti attirano, ma che allo stesso tempo, proprio perché diverse da te, ti spaventano. Insomma, quello che Polly, dalle pagine di questo libro, ti può insegnare è prima di tutto individuare i tuoi paletti, per poi dividerli fra quelli «necessari», che derivano dai tuoi valori e dal tuo modo di rapportarti al mondo circostante, e quelli che non sono altro se non pregiudizi, buoni solo a ostacolare il tuo cammino di crescita e cambiamento.

...A volte basta solo una cometa dal nome buffo

Douglas Coupland, *Eleanor Rigby*

«La vita è dura. Abbiamo tutti bisogno di qualcosa in cui credere, anche se quel qualcosa può essere un'assurdità.»

Come la famosa canzone dei Beatles a cui Coupland si è ispirato, Liz Dunn, la protagonista di questo magnifico romanzo, è una donna sola, rassegnata e priva di grandi turbamenti emotivi, che conduce una vita «normale» e senza scossoni.

Trentasei anni, ha alle spalle una famiglia con la quale si rapporta con malcelato distacco e un buon lavoro che le permette di vivere dignitosamente in una casa bella ma anonima.

Insomma, cinquanta sfumature di noia.

Liz ha la capacità di passare inosservata, come a protezione di sé, e nello stesso tempo ama sognare a occhi aperti per riscattare la sua esistenza priva di grandi stimoli.

Poi il passaggio della cometa dal ridicolo nome di Hale-Bopp che lei interpreta come un segno: quella sera sarà la prima della sua nuova vita, una vita fatta di nuovi obiettivi e propositi.

Liz non sa ancora quanto e come concretamente tutto stia per cambiare. Forse, se lo sapesse, coglierebbe l'occasione per fare un passo indietro, ma è questo il bello: la vita ti capita quando meno te lo aspetti.

...e quindi?

> Qualcuno molto più saggio di me ha detto che nessuno è noioso se è disposto a dire la verità su di sé. Per essere più precisi, qualcuno altrettanto saggio ha detto che le cose delle quali ci vergogniamo sono quelle che ci rendono interessanti.

Come non amare Liz? È un personaggio che rispecchia molti nostri atteggiamenti che non ci piacciono e facciamo fatica a modificare.

La sua storia ci coinvolge, soprattutto nel momento in cui la protagonista si troverà costretta, volente o nolente, ad affrontare quel passato che non vuol dormire in silenzio, ma che si insinuerà nel presente senza chiedere permesso, portandola a mettersi in discussione e ad affrontare un viaggio, il secondo a distanza di anni, per ritrovare qualcuno al quale dovrà dire qualcosa di fondamentale.

E dandole modo, quasi forzandola, di lasciar andare tutta una serie di condizionamenti che la imprigionavano, regalandole un'illusoria sensazione di protezione.

Ti suona familiare? Allora forse Liz ha qualcosa da dire anche a te...

...Buttati, che aspetti?

Laura Lorenza Sciolla, *La coguara urbana*

Silvana è quella che si potrebbe definire una splendida cinquantenne o, a voler essere un po' maligni, una panterona: dotata di una buona dose di ironia, simpatica e divertente ma anche un po' goffa e insicura, conduce la sua vita in piena singletudine amando alla follia il suo lavoro di professoressa di lettere.

Un giorno, accompagnando la nipote adolescente a un corso di sub, incontra il venticinquenne Giuseppe, nel pieno del vigore e della prestanza, che diventa oggetto delle sue voglie più torbide: anche le professoresse hanno un sistema ormonale, e funziona, eccome se funziona. In particolare, la fantasia di Silvana si accende virando su toni eroici, quasi omerici: deformazione professionale? Forse sì, ma divertentissima da leggere.

Per l'amica del cuore Vanna, alla quale confida tutti i suoi svarioni, questo trasporto amoroso ha un'origine molto più «fisiologica e ormonale», mentre per la protagonista, incapace di rinunciare a un romanticismo oscillante tra tragedia classica e film hollywoodiano, ha un significato più profondo che si nutre anche di sovrastrutture e pregiudizi. Pregiudizi che la Silvanona nazionale cova soprattutto nei confronti di se stessa.

Ma insomma, quale sarà la mossa giusta da fare? E, soprattutto, domanda da un milione di dollari, quale farà?

...e quindi?

Il personaggio di Silvana incarna le insicurezze e i dubbi di molte donne, non necessariamente cinquantenni. L'idea di non essere all'altezza, del che cosa penserà la gente, del si fa o non si fa.

Spesso davanti all'interesse per un uomo, a prescindere dal momento emotivo che si sta vivendo, la prima reazione è quella della fuga, preceduta ovviamente da un bel processino interiore nel quale ci si è messe in discussione e classificate, certamente non in termini positivi.

Ci si dimentica quanto sia importante permettersi di rompere quelle abitudini e di buttare alle ortiche tutti i pensieri autolimitanti, che possono impedire di avventurarsi in nuovi territori inesplorati, e non per questo necessariamente pericolosi. E se fossero solo insidiosi quanto basta per mettere un po' di pepe nella vita di tutti i giorni?

Credendo prima in se stesse e poi permettendosi di vivere possono avvenire cambiamenti positivi e inaspettati. Ehi, tu, guarda che parliamo con te!

Alle spalle la paura, di fronte il futuro che ti meriti

Simone de Beauvoir, *Una donna spezzata*

Tre racconti in prima persona, tre donne, tre vite diverse, ognuna a un punto di svolta.

La prima è Monique: moglie e madre, scopre di essere stata tradita dal marito che le chiede di non lasciarlo ma di permettergli di continuare la sua relazione con l'amante. La vecchia storia della botte piena e della moglie ubriaca. E della faccia tosta, anzi tostissima.

La seconda, che ci racconta la sua storia, è un'ex insegnante e scrittrice di successo che affronta uno scontro durissimo con il figlio, colpevole di averla delusa pestando sotto le suole quei valori morali che lei era convinta di avergli trasmesso.

La terza è Murielle, che la notte di Capodanno prende a pretesto il casino della strada e si lancia in un lungo monologo interiore che esprime la sua rabbia e il rancore per tutto e per tutti, forse anche per se stessa.

...e quindi?

Una porta chiusa; dietro, qualcosa ci aspetta al varco. Non si aprirà, se io non mi muovo. Non muoversi; mai più. Fermare il tempo e la vita. Ma so che mi muoverò. La porta si aprirà lentamente, e vedrò che cosa c'è dietro. C'è l'avvenire. La porta dell'avvenire sta per aprirsi. Lentamente. Implacabilmente. Io sono sulla soglia. C'è soltanto questa porta e ciò che v'è nascosto dietro. Ho paura. E non posso chiamar nessuno in aiuto. Ho paura.

La lettura di questo romanzo può provocare reazioni forti. Una donna che scrive di donne senza remore, senza filtri, è come se impugnasse un'arma e la puntasse verso di te.

Ti costringe a guardarti dentro, ad ascoltare ciò che di te ti spaventa, le parole che non hai mai espresso, il dolore che hai subito, le emozioni alle quali hai dovuto rinunciare. Scoperchia i meccanismi sociali e relazionali ai quali ti sei adeguata senza accorgertene, pur avendo magari pensato, in passato: a me non succederà mai.

E ti dice: scegli di essere chi sei e chi vuoi. Senza condizionamenti, senza remore.

Insomma, non aver paura di quella porta, dietro c'è il futuro.

Ti è piaciuto seguire l'intreccio della vita di queste tre donne? È un'idea bellissima che ci suggerisce, nell'identificarci almeno in parte con ognuno dei personaggi, di ascoltare tutte le nostre sfumature, anche le più nascoste. Parleremo di un altro romanzo costruito così… Non riesci ad aspettare? Ok, vola a *Sbagliare… a modo tuo*, a p. 212!

Supera i tuoi limiti, scopri la tua forza

Andre Agassi, *Open. La mia storia*

L'autobiografia di Agassi è una lettura imprescindibile. Se l'hai sempre un po' schifata perché non leggi i libri di sport, è ora di prenderla in mano e di ricrederti. Ti troverai di fronte a un'epopea in cui il famoso tennista si racconta con grande sincerità, mettendo a nudo se stesso, le sue paure più profonde, i suoi conflitti interiori, gli scontri, e non solo quelli sul rettangolo di gioco in terra rossa, erba o sintetico, ma quelli più determinanti e laceranti che ha avuto con il padre.

I rivali, gli amici e le donne che lo hanno circondato assumono una spiazzante umanità, raccontati senza filtri nelle emozioni di Agassi, che li descrive con onestà, sulla base di come li ricorda e come li ha vissuti.

Una lettura che ti sorprende e che ti cattura pagina dopo pagina, lasciando i germogli di future riflessioni a maturare dentro di te.

Un libro che ha il pregio di insegnarti molto: soprattutto a usare al meglio tutte le tue capacità nascoste per ottenere il successo che vuoi e vivere finalmente la vita che desideri.

...e quindi?

Trascorro molte ore a gironzolare per le vie di Palermo, bevendo caffè nero forte e chiedendomi che cos'ho che non va. Ce l'ho fatta – sono il tennista numero uno al mondo, eppure mi sento vuoto. Se essere il numero uno mi fa sentire vuoto, insoddisfatto, che senso ha? Tanto vale che mi ritiri. Mi immagino a annunciare che per me è finita. Mi vengono in mente tante immagini. Mi dico anche che ritirarmi non risolverebbe il mio problema fondamentale, non mi aiuterebbe a capire che cosa voglio fare della mia vita. No, quello che mi serve è un nuovo obiettivo. Il problema, in tutto questo tempo, è che ho sempre avuto gli obiettivi sbagliati. Non ho mai voluto essere il numero uno, era semplicemente qualcosa che altri volevano per me.

Ed ecco finalmente un supereroe, in questa giungla di supereroine. Un uomo famoso, un uomo che avrebbe potuto mantenere intatta la sua immagine pubblica, senza mai perdere di credibilità, e invece ha scelto di liberarsi, di condividere anche le sue debolezze. Lasciando andare il passato attraverso la narrazione.

Questo libro è un magnifico manuale per insegnarci a superare le difficoltà che possiamo incrociare nella vita, anzi a sfruttarle a nostro favore.

Rompere gli schemi, oltrepassare i tuoi presunti limiti, quelli che probabilmente ti sei autoimposta (per paura? per comodità?) e ritrovarti.

E poi, stai tranquilla, sarai sempre tu. Solo un po' più forte.

Facciamo un gioco?

Può darsi che Tiziana ti assomigli: una ragazza cosmopolita, che ha studiato, curata nei modi e nell'aspetto.

E allora continuiamo questa similitudine. Usciresti con un ragazzo più giovane di te, metallaro, diversissimo per gusti e riferimenti, come fa lei nel libro? Oppure, se sei un po' eccentrica e anticonformista, accetteresti di avere una storia con l'ingegnere della porta accanto?

Prova a immaginare di trovarti davanti all'amletico dilemma rivisitato in chiave rosa e moderna: uscire o non uscire?

Le cose che non faresti perché «non sono da te» sono tantissime, elencale e vedrai.

Fatto? Adesso scegline una che sotto sotto un po' ti ispira. E falla.

Può essere una cosa estrema come un lancio con il paracadute, oppure un'azione più piccola, come presentarti in pubblico con uno smalto giallo fosforescente dopo anni di toni neutri.

Una volta portata a termine l'ardua impresa, scrivi cosa hai provato. Quella pagina potrà servirti in futuro, qualora ti sentissi bloccata e limitata nei comportamenti dalle tue abitudini, come promemoria: tu puoi fare davvero tutto ciò che ti permetti di fare, senza se e senza ma.

Colazione da Tiffany o pic-nic in un prato: l'importante è godersi il panorama

Buona fortuna: e credimi, Doc tesoro, è meglio guardare il cielo che non vivere qui. È un posto così vuoto, così vago... Un paese dove romba il tuono e le cose scompaiono.

TRUMAN CAPOTE, *Colazione da Tiffany*

HOLLY Golightly si chiamava Lula Mae Barnes, laggiù in Texas, poi quando è arrivata tra le mille luci di New York ha cambiato nome, scegliendo qualcosa che le desse la leggerezza che cercava, appunto: *go-lightly*, come dire «prendila lieve».

Tutto in Holly è piume e bollicine e persino andare a trovare un mafioso in carcere diventa occasione di diletto, portata avanti con indimenticabile eleganza. Vediamo Holly e ce ne innamoriamo, eppure non riusciamo bene a capire perché, siamo confusi: che cosa la rende così leggendaria e diversa da qualsiasi altra eroina letteraria e cinematografica? Che cosa le consente di librarsi con suprema naturalezza oltre alle piccinerie del genere umano?

La risposta è semplice: Holly non si aspetta niente. Vive un giorno dopo l'altro lasciando che chiunque abiti la sua vita possa entrare e uscire a proprio piacimento. Non ha il desiderio di possedere un luogo per sé, né un compagno. Nemmeno il suo gatto ha un nome: e i soldi, in mano sua, non durano molto, perché li spende senza rimpianti per vivere la vita che ama. È emblematica la colazione da *Tiffany* che dà il titolo a questo superlibro: Holly si approccia alla gioielleria sulla Fifth Avenue con un'attitudine assolutamente inedita. Qualsiasi donna con la passione per i gioielli entrerebbe da *Tiffany* con il desiderio di mettere le mani su quanti più pezzi possibile, uscendone decorata come neanche la Madonna di Oropa. Holly, invece, ama l'atmosfera della gioielleria e, non potendosi permettere i meravigliosi diamanti che la incantano, si gode semplicemente il luogo. La sua povertà non le causa frustrazione, perché il suo obiettivo non è possedere degli oggetti, o trovare un marito compiacente che glieli compri: la sua massima aspirazione è sentirsi bene, lì, in quel momento. E da *Tiffany* ci riesce, anche con le tasche vuote.

Ora, sappiamo cosa stai per dire: in Holly questo atteggiamento, con il procedere della storia, si rivelerà un'arma a doppio taglio, perché nel suo caso il non avere alcuna aspettativa diventa un modo per camuffare la paura di possedere qualcosa che potrebbe perdere o rovinare – soprattutto a livello sentimentale. Ma quello che serve a noi è prima, in fondo i libri sono belli per questo: alla portata di tutti ma con l'incredibile potere di diventare nostri e solo nostri, se scegliamo di leggerli come vogliamo, di trarre una lezione su misura per noi. In questo caso quello da cui dobbiamo trarre spunto è la ragazza che guarda con occhi sgranati diamanti da milioni di dollari e poi è felice di ricevere un anello delle patatine. La ragazza che guarda il cielo senza aspirare al paradiso, facendo meglio che può con le cose che ha, seguendo i suoi desideri senza aspettare che qualcun altro li renda reali al posto suo.

Quando si cade nella trappola dell'aspettativa, si investe l'altra persona di un potere magico che, nella realtà, non ha motivo di esistere, e si finisce inevitabilmente deluse. Guardare sempre quello che, secondo te, dovrebbe essere il passo successivo di una relazione – leggi: matrimonio, casa, figli, anello di brillanti, crociera sul Mar Rosso, status «impegnato» su Facebook – ti priva della meravigliosa sensazione di godere appieno di quello che già stai vivendo. Insomma, sai come dovrebbe essere il paesaggio dopo la curva ma non ti preoccupi di guardarti intorno qui e ora, e goderti il panorama.

La domanda che dovresti porti, mentre indossi la tiara di lustrini di Holly, è: mi soddisfa quello che ho adesso, qui, in questo momento? La persona che ho al mio fianco, o che sto frequentando da un po', mi piace davvero? Se la risposta è sì, vuol dire che probabilmente non hai bisogno di molto altro. L'ansia da pianificazione, il desiderio di certi step relazionali, spesso non derivano da una reale necessità, ma sono frutto di condizionamenti esterni che hanno ben poco a che vedere con i tuoi desideri più profondi.

Guardare l'uomo che ti ha appena offerto un mojito come il potenziale padre dei tuoi figli sposta subito la tua percezione su un piano falsato. Avete ancora della strada da fare insieme prima di arrivare a quel punto, e se anche non doveste arrivarci mai, questo non significa che non valga la pena di goderti quel mojito e una bella chiacchierata e, perché no, anche qualche momento indimenticabile degno di un Harmony serie Red Passion. L'unica discriminante in questo senso è che tu possa averne voglia o meno. Stesso discorso vale per quelle che sono le aspettative di cui carichi te stessa: devi essere la fidanzata ideale, la moglie perfetta, la madre impeccabile. O anche no. Puoi cercare di essere il più autentica possibile, e aderente agli standard che ti assomigliano, senza svegliarti ogni mattina pensando che devi essere migliore di quella che sei per raggiungere un livello accettabile. Il desiderio di migliorarti non deve diventare una spada di Damocle che ti pende sul capo impedendoti di vedere quello che già sei e già fai in maniera egregia.

Ricorda: la sola cosa che sei autorizzata ad avere sulla testa è un elegante chignon in pieno stile Holly: e non dimenticarti di tenerla ben alta, la testa, in modo che tutti possano vedere la donna fantastica che sei.

Tu aspetti ma... sei sicura che il mondo aspetti te?

Madeleine Bourdouxhe, *La donna di Gilles*

Élisa ama di un amore forte e totalizzante il marito Gilles. Vorrebbe condividere con lui ogni momento della sua giornata, poter esaudire ogni suo desiderio e ogni sua richiesta. Ama osservarlo, nutrirsi della sua bocca mentre cena, respirare i suoi capelli, guardarsi solo se riflessa nei suoi occhi. Ama scrutare la loro bimba. E, soprattutto, ama aspettarlo, ama attendere che torni a casa da lei.

È una cosa molto romantica e anche un po' ansiogena, ma, fino a un certo punto, pare che funzioni. Insomma, lui l'ha sposata, mica denunciata per stalking!

Ma improvvisamente qualcosa cambia. Élisa lo percepisce, lo intuisce: diventa sospettosa, cerca di capire. E poi, come un lampo, la verità: Gilles si è invaghito di Victorine, la giovane e bella sorella minore di Élisa.

E da quel momento nulla sarà più come prima.

Questo romanzo bellissimo, intenso e spietato, travolge, coinvolge, provoca reazioni e mai lascia indifferenti. E soprattutto, se avete una sorella più giovane e carina, sappiate che non la guarderete mai più nello stesso modo...

...e quindi?

> Quando si è infelici il tempo passa in fretta, checché se ne dica. Nessun punto di riferimento segna il suo trascorrere, nessuna gioia distingue un giorno dall'altro. Niente all'infuori del dolore, sempre lo stesso.

Élisa. Che figura tragica e potente per iniziare questo nuovo capitolo... Una donna che ama troppo ma fondamentalmente non ama se stessa.

Il suo è un sentimento totalizzante che, proprio per essere tutto rivolto al di fuori, ha un'inevitabile connotazione «insana». Élisa investe tutto nell'amore per quell'uomo che la tradirà e umilierà. E per il quale rimarrà sospesa, in una perpetua attesa, animata da un amore fortissimo e puro che la invade, ma che non le ridarà indietro il marito.

Posa lo sguardo su questa eroina triste, che vive contando i minuti che la separano dall'abbraccio del suo Gilles, un abbraccio che non sarà mai come lo desidera. Che lezione credi abbia in serbo per te? Probabilmente proprio quella di non fare come lei, di non lasciare che l'amore per qualcun altro sostituisca in tutto e per tutto l'amore per se stessa: convinta della forza del suo sentimento, come nelle peggiori canzoni romantiche degli anni Ottanta, Élisa si aspetta che, in qualche modo, magicamente, le cose tornino a posto.

Questa continua aspettativa determinerà anche l'epilogo del romanzo: un vero pugno nello stomaco che dovresti leggere, per poi evitarlo. Insomma, la morale è: stai attenta perché mentre tu aspetti qualcuno, il mondo mica si ferma!

...Conosciamo veramente chi amiamo?

Andrew Sean Greer, *La storia di un matrimonio*

Pearlie Cook, in un graduale ma inesorabile disvelarsi, ci racconta il suo matrimonio con Holland, in maniera estremamente nitida e dettagliata, come se ne stesse facendo un'accurata autoanalisi.

La storia è ambientata negli anni Cinquanta e la coppia, unica famiglia di colore dei dintorni, vive ai confini di San Francisco in un quartiere prevalentemente abitato da ex soldati.

Evento scatenante e nodo centrale del romanzo è la ricomparsa di Buzz, vecchia conoscenza di Holland: un uomo che ha giocato un ruolo importante nel passato del marito, come Pearlie scoprirà di lì a poco.

Pagina dopo pagina, la donna attinge ai suoi ricordi personali, ancora vividi e carichi di sentimento, arrivando a quegli avvenimenti del passato che a un certo punto hanno messo in crisi, ponendolo in una luce completamente nuova e diversa, non solo il suo rapporto con Holland ma anche quello con se stessa.

Il peso del non detto, ma soprattutto di ciò che lei non ha mai voluto guardare, ha condizionato tutta la sua vita matrimoniale: in qualche modo, è come se Pearlie avesse scelto, in maniera più o meno consapevole, di vivere una relazione su un piano parallelo, staccato dalla realtà ma aderente alle sue aspettative, senza mai riconoscere il marito per la persona che è. Forse questa consapevolezza, arrivata tardi, è il motore primario del racconto che Pearlie fa a chi legge.

Una donna, e una storia, che parla direttamente a noi, costringendoci a porci molte domande, tra le tante, la più importante: conosciamo veramente la persona con cui condividiamo la vita o tendiamo a vedere nell'altro solo la proiezione di quelli che sono i nostri desideri e soprattutto la nostra idea di amore?

...e quindi?

Abbiamo amato molto questo romanzo, per la sua forza e la capacità di raccontare una storia che ci appartiene, a prescindere dal tempo e dal contesto in cui è ambientata.

Ci appartiene perché ognuno di noi riversa molte aspettative sul proprio compagno, aspettative che si nutrono di bisogni e desideri che sono *nostri* e che spesso non corrispondono alla realtà dell'altro. La vicenda di Pearlie ce lo ricorda. E anche per questo può infastidirci, perché arriva a toccare le nostre corde più profonde.

Tu come ti saresti comportata al posto di Pearlie quando si è presentato alla porta di casa «l'altro uomo»? E come avresti reagito alla lettura della lettera? Segnati queste domande, apri il libro e inizia.

Quando sarai uscita dal mondo di questa storia prova a rileggerle... Le risposte potrebbero farti bene davvero.

I chiaroscuri di una coppia sono spesso al centro di romanzi che hanno tanto da insegnarci... Fra qualche pagina trovi Katie e David, anche loro hanno qualcosa da dirti. Corri alla scheda *Allarme rosso: tentativo di manipolazione in corso*, la trovi a p. 196!

Incassa i tuoi sogni!

Arundhati Roy, *Il dio delle piccole cose*

Un romanzo bello e terribile. Il racconto spietato di un mondo, quello indiano, regolato ancora da divieti e contraddizioni.

Ammu abbandona il tetto famigliare per fuggire dalla violenza, psicologica e fisica, del marito alcolizzato: se ne torna a casa con i due figli gemelli, ai quali tocca il ruolo di raccontare la storia della madre, che pensando a loro è andata incontro al terribile destino di una divorziata nell'India di fine anni Sessanta, priva di ogni diritto sociale e civile.

Ma non è finita qui, perché la nostra Ammu si macchierà di una «colpa» ancora più grave, quella di innamorarsi di un uomo, Velutha, operaio e tuttofare della famiglia, che lei vede come «il dio delle piccole cose», ma che per tutti gli altri è un paria, un inferiore.

Nonostante tutto, Ammu vive questo amore – toccando un'intoccabile – perché sceglie di vivere la realtà fino alle sue estreme conseguenze, lasciando perdere quello che ci si aspetta da lei, cullata dalle note di *Ruby Tuesday*, dei Rolling Stones, che cantavano «Catch your dreams before they slip away», acchiappa i tuoi sogni prima che scivolino via. Sfida l'universo, e smette di aspettarsi qualcosa di differente da quello che ha. Anche senza la prospettiva di un futuro rassicurante.

...e quindi?

«Non apparteniamo a nessun posto. Navighiamo senza ormeggi in un mare agitato. Non ci sarà mai permesso di attraccare. I nostri dolori non saranno mai abbastanza tristi. Le nostre gioie mai abbastanza felici. I nostri sogni mai abbastanza grandiosi. Le nostre vite mai abbastanza importanti. Per contare qualcosa.»

Ammu: una donna disposta ad affrontare difficoltà e ostacoli per poter vivere pienamente la sua relazione, pur senza prospettive future, una donna che sa che davanti ha il dolore, eppure non indietreggia. Una donna che si scontrerà con un destino ineluttabile: quello di un mondo che non le concederà nulla e non la perdonerà mai per le sue scelte.

Ma ne è pienamente consapevole e questo non la ferma: sente nel profondo di appartenere per nascita a una casta ben più sfortunata di quella dei paria, quella delle donne e, con la temerarietà di chi non ha nulla da perdere, abbraccia la realtà che le è capitata in sorte.

Spesso ci impediamo di vivere le opportunità offerte dal destino perché il meccanismo che ci condiziona è basato su una lista infinita di aspettative, che riversiamo su di noi e la nostra vita: tutto è in funzione di queste, e non focalizziamo il nostro sguardo su cosa e chi abbiamo al nostro fianco. Se pensi di riconoscerti nella descrizione, la lettura di questo romanzo e l'incredibile forza di Ammu potranno darti una spinta a rivedere quali cose alla fine contano davvero, e che cosa merita di essere vissuto.

Eh sì, la lotta di classe è sempre stata un gran problema nella costruzione di se stesse, e una donna – indiana o no – questo lo sa bene. Ti ricordi di Charity? La trovi a p. 69 in *La ribellione può partire anche da casa tua.*

Scegli il presente (e impara a scrollare le spalle)

Sandro Veronesi, *Caos calmo*

In un momento, un singolo, minuscolo momento, la vita di un uomo può cambiare radicalmente.

Retorica? Forse, ma anche realtà. Guarda Pietro Paladini: è un uomo fortunato, ha un buon lavoro che lo soddisfa e lo appaga, ha Lara, una donna che ama e che lo ama ed è anche padre di una bambina di dieci anni.

Un giorno d'estate, mentre è al mare, salva una donna dall'annegamento. Non sa che, in quello stesso istante, a non troppi chilometri di distanza la sua compagna viene colpita da un aneurisma e muore nel giardino di casa.

In quel preciso momento il suo dolore implode e si cristallizza, privandolo di ogni forza. Incapace di vivere il presente, inizia a passare le giornate davanti alla scuola della figlia, soffocato dalla paura che qualcosa possa accaderle.

Seduto su una panchina, inizierà a osservare il mondo intorno a sé, le persone che lo sfiorano, cominciando un processo di elaborazione che lo porterà a comprendere molto della sua persona e della vita. Fisso in un prolungato stand-by, Pietro diventa anche un punto di riferimento per gli altri, come mai lo è stato prima: chi lo circonda, dopo l'iniziale smarrimento, inizia ad andare a cercarlo lì, davanti alla scuola di sua figlia, adattandosi in qualche modo al suo immobilismo, finendo quasi per apprezzare la sua scelta estrema – pur senza smettere di considerarla stravagante ed eccessiva.

...e quindi?

> «...Ma io non devo pensare, ecco il punto. Io qui devo guardare e basta. Devo respirare, distendermi, svuotarmi e guardare attentamente mia figlia che si allena alla trave. Stop. Ecco che si prepara di nuovo a provare l'uscita dalla trave. È immobile, tesa come una fionda. I piedi leggermente in diagonale sfruttano tutta la superficie possibile dell'esiguo spessore. Le braccia in alto, le mani che sembrano appese ai polsi, la schiena arcuata, elastica, carica di energia cinetica pronta a sprigionarsi. Sta cercando la concentrazione. Deve fare una cosa difficile, che poche bambine al mondo riescono a fare, e deve farla perfettamente, altrimenti verrà redarguita. Sta aspettando il momento giusto per saltare, l'attimo in cui tutte le sue forze e le sue capacità saranno sotto il suo controllo. Si concentra, aspetta, però sa che può aspettare solo qualche secondo, quattro, cinque, non di più, dopodiché

dovrà saltare comunque. Io sono quassù e non posso aiutarla. O posso?»

Pietro sente la necessità di controllare la figlia, e la scelta di attenderla fuori dalla scuola diventa una metafora, l'immagine del suo desiderio di protezione, che si proietta retroattivamente sul passato, diventando feroce rimpianto.

Perché Pietro si sente un pessimo compagno: mentre Lara moriva, lui stava salvando un'altra donna. Di conseguenza decide di essere presente all'eccesso per sua figlia, controllandola ossessivamente, come se in questo modo potesse scongiurare ogni fatalità.

È un po' come le aspettative che riponiamo nell'altro: ci allontanano dal presente della relazione, in un continuo porci in attesa della realizzazione dei nostri desideri inascoltati, perché spesso mai espressi ad alta voce.

Ma vivere la nostra storia mettendo da parte ciò che vorremmo avere, anche per sopperire ai nostri bisogni e alle nostre mancanze personali, concentrandoci su quello che abbiamo, non sarebbe forse la cosa migliore da fare?

E tu? Tu che ne pensi?

Se ti senti immobile inchiodata alla panchina delle tue ansie, forse è il caso di scrollare le spalle e tornare a vivere!

E se la realtà superasse la fantasia?

Luca Bianchini, *Io che amo solo te*

Siamo a Polignano a Mare, un incanto di paesino pugliese, con tanto di casette bianche arroccate. E sta per svolgersi il matrimonio dell'anno. Tutto dovrà essere perfetto: dall'abito della sposa, ai fiori, alla disposizione dei posti ai tavoli, alle bomboniere. Una cosina sobria, insomma.

Gli sposi sono Chiara e Damiano, coloro che in teoria dovrebbero essere al centro dell'attenzione del paese.

In realtà gli occhi di tutti (e vedrai, anche i tuoi) saranno rivolti alla madre di Chiara, Ninella, e al padre di Damiano, don Mimì. Ninella, vedova da qualche tempo, di professione fa la sarta e brilla ancora di una bellezza matura che attrae lo sguardo dei suoi compaesani. E sogna da sempre il padre dello sposo, con il quale aveva avuto una relazione in giovinezza, resa impossibile dalla famiglia, per la differenza di ceto sociale. In apparenza la donna sembra aver messo da parte la sua passionalità, ma dentro ribolle di vita, quasi più della figlia, già molto convenzionale e attaccata alle sue abitudini. Dal canto suo don Mimì non è indifferente all'avvenenza della donna, non lo è mai stato, e si prodigherà per averla. Ma ci riuscirà?

...e quindi?

Questo è uno di quei romanzi, uno di quei pochissimi che riescono a far ridere, e tanto, senza che vengano tralasciate però le «grandi domande della vita», che tutti i matrimoni, chissà perché, sembrano portarsi dietro come strascico aggiuntivo a quello ufficiale della sposa.

La figura di Ninella colpisce particolarmente: ha sempre pensato al suo amore di gioventù, costruendo intorno alla sua passata esperienza una cornice fantastica, fatta di desiderio e sogno. In poche parole si è caricata di aspettative che poco hanno a che fare con la realtà. Quando pensa al *suo* Mimì, Ninella è tutta un sospiro: «E non c'è niente di peggio che combattere contro un ricordo che il tempo, anziché sbiadire, colora ulteriormente».

Dovrà affrontare alcune «prove» – tra cui, non ultima, l'impettita consuocera nonché rivale in amore, la temibile First Lady di Polignano – per rendersi conto che la realtà e le opportunità che offre sono molto più ricche e appaganti di quelle che ci può regalare lo spazio angusto delle nostre aspettative. E tu? L'avevi capito? Questa verità può permetterti di aprirti alla possibilità di gioia che arriva quando i tuoi sforzi sono compensati dai risultati.

Eh già, l'apparenza, quando si mescola alla fantasia, è davvero in grado di fregarci. Ti ricordi cos'era successo a María? Forse ti serve una ripassatina, torna a dare un'occhiata a *Quello che ci vuole, ogni tanto, è il coraggio di scavare* (p. 119).

Facciamo un gioco?

È inutile negarlo: tutte prima o poi nella vita abbiamo voluto essere Audrey Hepburn, con il mitico tubino nero, ed entrare da *Tiffany* con passo leggero. Quello che ti suggeriamo di fare adesso ha proprio lo scopo di farti sentire così.

Elenca le tue migliori qualità, proprio come se fossero gioielli, quei gioielli di *Tiffany* che non sempre possiamo permetterci: saranno quelli i diamanti che ti illumineranno.

Quando hai finito la lista delle cose belle che sei, arriva la parte migliore: festeggia!

Organizza una festa, un aperitivo con le amiche, una fuga in pasticceria, una serata a base di smalti, cupcake e giornali di gossip: quello a cui brinderai con le persone a te più care è proprio quello che sei e quella caratteristica positiva che in quel momento meglio rappresenta la tua personalità.

Ma attenzione, ricorda sempre che, prima di darti ai bagordi, ci sono i compiti da fare: il tuo quaderno è lì che ti aspetta, fila!

Le tue prigioni hanno sbarre sottili. Marta ti insegna a evadere (e tendere la mano)

> Ecco cos'era quel peso. Era come se lei portasse costantemente sulle spalle un altro corpo.
>
> Teresa Ciabatti, *Il mio paradiso è deserto*

Marta Bonifazi non è di certo la supereroina che ti aspetti. Non ti resta nel cuore per il suo carisma e il suo carattere: al contrario, una parte di te non vede l'ora di dimenticarla. In lei possiamo trovare, descritti con amarezza magistrale e un amore spudorato per la verità, i tratti peggiori di noi, che emergono soprattutto quando, illudendoci di gestire il dolore con maggiore consapevolezza, finiamo con il ferirci a morte senza neanche saperlo.

Marta è la regina delle manipolatrici: vent'anni, obesa, figlia di Attilio, il «re della monnezza», l'Ottavo re di Roma, sconta la sua infelicità chiusa nella villa di famiglia, perdendo completamente i contatti con il mondo esterno, se escludiamo le poche persone che la circondano nel quotidiano: i genitori, il fratello, la domestica filippina e Lorenzo, l'amico storico di cui è innamorata.

Quello che fa è cercare di avere il controllo sulla propria vita, ma non assumendosene la piena responsabilità: il suo gioco perverso procede per contrasto, e il suo modo di aver a che fare con il destino è basato tutto sulla manipolazione degli altri. Ogni suo gesto non è finalizzato a ottenere qualcosa per sé, ma a ferire o mettere in difficoltà un membro della sua famiglia – in particolare il padre, figura amatissima e detestata al tempo stesso, come da classica tradizione edipica.

Il libro si apre proprio con una scena paradigmatica in questo senso: Marta investe un ragazzo, di notte, sulla statale. È un incidente, certo, ma quello che lei decide di fare dopo non lo è. Usa questo episodio per rovinare la vita al padre, immaginando che sicuramente sarà imbarazzato dall'avere una figlia quasi assassina, che mette sotto un ragazzo – tra l'altro, manco a farlo apposta, un giovane pieno di speranze, sogni e progetti – e scappa nella notte, salvo poi costituirsi davanti alla polizia dichiarandosi colpevole di tutto. Ti sembra un atteggiamento schizofrenico? Forse perché lo è! È come se Marta oscillasse in continuazione tra l'istinto di sopravvivenza, il senso di colpa, il desiderio di distruggere e la consapevolezza che alla fine, da tutta questa storia, quella che ne uscirà più martoriata sarà lei stessa. Consapevolezza che potrebbe salvarla dal disastro, ma che lei accantona, prigioniera del suo stesso gioco.

Te l'avevamo detto, Marta non è l'eroina che ti aspetti, né Bridget, né Lizzie. Eppure, la lezione che ha da insegnarti è importante, fondamentale. Nella sua grandezza tragica, rappresenta perfettamente quello che capita quando la tua insicurezza ti porta ad agire da manipolatore all'interno di una relazione. Hai presente tutte quelle volte in cui ti sei ritrovata a pensare: Ecco, lo sapevo che sarebbe andata a finire così? No, non sei stata presa di mira dal fato crudele: è più probabile che tu abbia creato quella che in gergo si chiama una profezia autoavverante, mettendo in moto una serie di meccanismi che conducono, inevitabilmente, a una conclusione che già conosci e che nella maggior parte dei casi neanche ti piace. Tuffati negli anni Novanta e fatti la domanda che miagolava Marco Masini al Festival: perché lo fai? È probabile che, per quanto spiacevole, il tuo «destino» sia qualcosa che conosci, un panorama desolante in cui, bene o male, sei abituata a camminare, ed è probabile pure che cambiare scenario ti crei timore. Un esempio pratico sono i litigi con il partner: ci sono sicuramente atteggiamenti, domande, toni di voce che creano screzi e incomprensioni. Ci sono sicuramente dei comportamenti che tu potresti adottare o non adottare, che sai che lo fanno andare su tutte le furie. Eppure tu li usi, forse perché, usandoli, credi di dimostrare a te stessa e al mondo che la persona davanti a te ha proprio quel difetto lì, e tu lo sai benissimo, e la discussione che avete sempre ne è la dimostrazione.

E allora eccoti una parola d'ordine: esame di coscienza. Come puoi evitare che quella persona si comporti così? L'elettroshock non è contemplato dal sistema giudiziario nazionale, quindi forse devi provare a cambiare toni e a evitare frasi ricorrenti che vi trasportano sul ciglio del burrone. Pensa a Marta: se agisse per tutelare se stessa, e non per creare scompiglio nel suo microcosmo, si risparmierebbe un bel po' di infelicità. Se il tuo scopo finale diventa risolvere un problema, anziché dimostrare che quel problema esiste, puoi dare la possibilità a chi ti è vicino di essere migliore di quanto tu ti aspetti. E magari, nel frattempo, scoprire che anche tu non sei così male come credevi. Cancellando, una volta per tutte, la sensazione di essere prigioniera di uno schema che si ripete e al quale sei condannata per sempre.

Allarme rosso: tentativo di manipolazione in corso!

Nick Hornby, *Come diventare buoni*

Katie e David sono la classica coppia sposata con due figli, ad alto tasso di litigiosità. Una vita normale, comune a tutti, per due personaggi molto diversi tra loro: se Katie, medico, ha sempre riservato una grande attenzione al prossimo, David, suo marito, è invece cinico e cattivo e trasmette queste sue caratteristiche nella rubrica settimanale che ha su un giornale locale: «L'uomo più arrabbiato di Holloway», lo chiamano. Che persona a modino dev'essere!

Improvvisamente tutto cambia, eh già, perché lei decide di lasciarlo di punto in bianco, per telefono e dal parcheggio di un supermercato, insomma, nel peggiore dei modi possibili. Allora i ruoli si invertono, magia! David metterà da parte la sua proverbiale cattiveria per diventare un esempio di buonismo assoluto, mentre la moglie dimostrerà di poter essere tutt'altro che disponibile a soddisfare tutte quelle richieste alle quali prima avrebbe risposto un «sì» netto e indiscutibile. Più David diventa mite (e rompiballe), più Katie si riscopre acida e maligna. Come se, in qualche modo, non agisse più pensando a quello che vuole davvero, ma solamente per suscitare una reazione di rabbia, che è poi quella a cui il marito l'ha abituata.

Una storia imprevedibile dai contorni labili: chi è buono davvero, chi è cattivo davvero? E, soprattutto, quanto entrambi i protagonisti agiscono subdolamente, più per «far succedere» qualcosa nell'altro che non con spontaneità?

...e quindi?

Perché Katie decide di lasciare il marito? Quali sono le motivazioni profonde che la spingono?

Non è forse presente in lei, come in Marta, una certa tendenza al controllo, su di sé e sugli altri? In fondo per tutta la vita ha cercato di essere dalla parte dei buoni, esasperando così il contrasto con David, iracondo e nervoso. La scelta di un partner agli antipodi rispetto a lei non è casuale: le serve per sentirsi sempre dalla parte della ragione, e non fa nulla per spezzare davvero questo gioco di ruolo in cui entrambi sono imprigionati.

Fai attenzione a questi due: il percorso che faranno non è naturale ma in qualche modo condizionato da fattori e persone esterne, nello specifico loro stessi, e dai un'occhiata anche al bizzarro personaggio di Buone Nuove, un santone – insopportabile – che predica la bontà in maniera davvero irritante, e nelle cui mani David si mette per realizzare il suo iter di trasformazione.

Quando «controllare» diventa sinonimo di «condizionare» dovrebbe suonare automaticamente un allarme, perché sta avvenendo qualcosa di pericoloso, che può minare le relazioni.

Partire da quegli atteggiamenti che, in totale sincerità, puoi riconoscere come manipolatori, potrebbe aiutarti a porti rispetto alla relazione, ma non solo, con un grande senso di libertà.

Cosa aspetti? Prova!

Sei pronta alla novità?

Katarina Mazetti, *Il tizio della tomba accanto*

Questo è un romanzo delizioso, ne siamo sicuri, fa per te. È vero, il titolo non è proprio un'esplosione di allegria, ma fidati di noi, non sai cosa ti aspetta.

La protagonista è Desirée, una giovane bibliotecaria rimasta vedova da poco tempo. La donna si reca spesso al cimitero, e la tomba del marito diventa luogo privilegiato di riflessione: è proprio lì, in un tacito dialogo con il caro estinto, che, ripensando al suo matrimonio, vive alcuni sentimenti contrastanti e non propriamente positivi, e non legati strettamente al dolore per la scomparsa del compagno!

Ed è sempre al cimitero che Desirée nota Benny, un giovane allevatore di vacche da latte (ma questo lo scoprirà solo dopo...) che si prende cura della tomba, molto poco sobria, della madre. Quando diciamo allevatore, non pensare a un moderno imprenditore agricolo: immagina più qualcosa che ha a che fare con salopette di jeans e stivaloni sporchi di letame.

Proprio in questo luogo improbabile Cupido scaglierà distrattamente una delle sue frecce, facendo incontrare due reciproche solitudini, nella loro «insanabile» diversità.

Ne nascerà una relazione appassionata ed emozionante, che verrà inevitabilmente messa in discussione proprio dal conflitto tra due mondi, culturali e di appartenenza, lontanissimi.

...e quindi?

Inutile negarlo: concentrarsi su ciò che dell'altro non ci piace perché non corrisponde ai nostri criteri, spesso condizionati oltre che condizionanti, ha fatto più danni che altro.

Bisogna riconoscerlo, il controllo sull'altro, il cercare di farlo corrispondere al proprio ideale e ai propri desideri, toglie forza e vitalità anche al rapporto più forte. Se ti sei innamorata di un contadino, perché cercare di trasformarlo in un impiegato postale? Ciliegina sulla torta è, a trasformazione avvenuta, lasciarlo dicendogli: «Non sei più quello di una volta!»

Sì, a vederlo scritto nero su bianco sembra assurdo e illogico: eppure, a volte capita proprio così.

Ti riconosci in questa descrizione? Rispecchiarti in Desirée e nel suo rifiuto per la semplicità di Benny ti può portare a interessanti riflessioni sulla tua persona.

Quanto di quel «desiderio» è veramente tuo? Quanto appartiene al mondo dal quale provieni? Quanto a quello che ti sei costruita al lavoro?

Ecco: cercare le risposte a questo interrogativo può concretamente aiutarti a sviluppare un'autonomia che non solo ti permetterà di vivere serenamente la tua relazione, ma anche a porti in modo aperto e disponibile verso il nuovo.

...Tempo di pulizie: ordina intorno per ordinarti dentro

Michael Zadoorian, *Second Hand. Una storia d'amore*

Richard, il protagonista di questo romanzo, è un rigattiere: bazzica per i mercatini dell'usato, fruga alla ricerca di un oggetto che lo colpisca, che lo metta in relazione con chi l'ha posseduto ma senza creare alcun tipo di coinvolgimento emotivo. Insomma, un modo per conoscere qualcuno evitando il rischio di un rapporto umano reale. È così che la pensa:

> Sono convinto che quando possiedi qualcosa che è appartenuto a un'altra persona, stabilisci un contatto segreto con lei, con il suo passato. È un modo per toccare una persona senza incasinarsi con i sentimenti.

Poi improvvisamente tutto cambia: la madre muore e gli lascia, fra le altre cose, anche una raccolta di fotografie, che gli sveleranno di colpo alcuni aspetti sconosciuti del padre, e non solo.

E come se questa rivelazione (non cercata) non fosse abbastanza, un bel giorno nel suo negozio di cianfrusaglie – ma potremmo adattarci a un linguaggio più pubblicitario e chiamarle «modernariato» – arriva Theresa, una donna folle, umorale e animalista sui generis, che letteralmente gli ruba il cuore.

...e quindi?

Richard, attraverso il suo raccogliere e conservare oggetti di ogni tipo, oggetti che non gli appartengono e quindi non sono collegati alle sue emozioni, in qualche modo agisce sul controllo dei propri sentimenti.

È per questo che diventa ancora più importante il momento in cui entra in possesso delle cose della madre (e delle fotografie), perché queste susciteranno in lui un moto diverso, più profondo. Attraverso questi oggetti entrerà in contatto con i genitori scomparsi, che amava. E quindi, inevitabilmente, «si incasinerà con i sentimenti» come non gli era mai successo prima.

E qui, non a caso, arriva Theresa della quale si innamorerà.

A prescindere dallo sviluppo della storia, ti converrebbe notare come l'istinto di controllo (verso noi stessi ma anche verso gli altri) si esterni nell'accumulo di oggetti che rappresentano spesso la nostra difficoltà a lasciar andare. L'oggetto segna una forma di possesso di qualcosa che, in realtà, sfugge al nostro controllo: possesso del passato e di ricordi – anche se dolorosi – o addirittura di persone che abbiamo incontrato.

Può capitare che circondarci di questo tipo di oggetti ci dia l'illusione di controllare noi stessi e i sentimenti che proviamo nei confronti di chi rappresentano. Ma siamo sicuri che sia così? In molti casi è bene fare una pulizia, un *decluttering*, che permetta a corpo e spirito di lasciare andare paure e blocchi per concentrarsi sull'essenziale dentro e fuori di noi.

······▶ Ci risiamo... Essere padrone del proprio spazio è davvero importante. Ti ricordi la storia di Jo? Vola indietro, la trovi a p. 67 in *Costruisci il tuo habitat*!

Rimettiti al centro del tuo sistema solare

Caterina Cavina, *Le ciccione lo fanno meglio*

Eccola, Alice, ingombrante in tutti i sensi fin dalla prima pagina, un personaggio letterario che non può lasciarti indifferente: o la ami follemente o la odi senza pietà. Ma, in entrambi i casi, Alice ti darà una lezione. Vive in un paesino della bassa emiliana, che l'autrice descrive come una di quelle ridenti località con nebbia, zanzare e concittadini ubriachi 365 giorni l'anno. Pesa 140 chili per 1,85 metri di altezza, e grazie a questa sua fisicità prorompente non passa certo inosservata. Come è facile intuire, la sua obesità è sempre stata, fin dall'infanzia, causa prima e ultima della sua difficoltà a relazionarsi con gli altri e soprattutto con se stessa. Se poi a questo aggiungi una sorella con un fisico da pin-up, costante esempio di tutto quello a cui Alice potrebbe aspirare e non raggiungere mai, e un amore non corrisposto che la fa soffrire, comprenderai bene le ragioni della rabbia e dell'insofferenza che la condizionano senza via di scampo in tutte le scelte e decisioni fondamentali per la sua vita quotidiana. È come se Alice accentuasse tutti i suoi lati peggiori per suscitare una reazione nei confronti di chi la circonda: perché anche il disgusto è meglio dell'indifferenza.

...e quindi?

Un ottimo motivo per leggere questo romanzo sta nelle parole stesse di Alice:

Il punto, la vera tragedia, è che da sempre sono stata convinta di non essere in grado di fare le cose da sola. Che per vivere bene ci volesse per forza qualcun altro... È strano, per fare le cose migliori aspettiamo sempre un'altra persona, chissà chi, non lo sappiamo nemmeno noi, forse la prima che capita, e ignoriamo che quella persona siamo proprio noi.

Se ti sei riconosciuta in quest'affermazione, non ti preoccupare: benvenuta nella razza umana!

Alice, pur nella sua insicurezza, sa di essere migliore dei suoi compaesani: ed è in grado di prevedere chi dirà cosa e come lo dirà ogni volta che lei agisce. È come se fosse prigioniera di se stessa: nessuna delle sue azioni è rivolta a un'esigenza interiore. Tutto si esterna solo ed esclusivamente in funzione del paese, che diventa scenario e simbolo di una prigionia dalla quale Alice non riesce a liberarsi.

Immedesimarsi nella sua storia può aiutarti a rivedere con occhio critico tutte quelle volte in cui, alla ricerca di una conferma, hai svenduto una parte di te, pensando che non contasse abbastanza, o hai agito sulla base di quello che credevi di poter suscitare negli altri. Ok, è andata così. Ora non partire in quarta a martoriarti per gli sbagli passati: l'importante è che, da questo momento in poi, tu rifletta bene su quanti dei tuoi comportamenti sono rivolti davvero a te stessa e quanti invece sono tarati sull'impatto che hanno sugli altri.

Cerca di usare questo libro in maniera intelligente, prova a mettere da parte il giudizio su Alice, o almeno a sospenderlo, soprattutto nei passi più forti, per esempio quando racconta della sua disponibilità a darsi sessualmente a uomini che neanche le piacciono con l'unico scopo di sentirsi riconosciuta e non ancora, a dispetto del suo corpo, invisibile. Non condannarla, prova invece a capirla. Siamo certi che potrai riconoscere in lei le stesse insicurezze che a volte hai provato tu. Lo vedi dove ti possono portare? Forse è il caso di fermarti un attimo e rimetterti al centro del tuo sistema solare.

Anche Liz a causa degli altri ha rischiato di scomparire, ma poi... Serve una rinfrescatina? Fai un balzo a p. 168, *A volte basta solo una cometa dal nome buffo.*

FACCIAMO UN GIOCO?

Marta è la regina della manipolazione: immancabilmente suscita in chi legge un misto di pena e rabbia per come, tramando alle spalle delle persone a lei più care, finisce sempre per ferire, più di tutti, se stessa.

Anche senza arrivare ai suoi livelli, è probabile che nei tuoi trascorsi sentimentali ci siano dei comportamenti negativi che hai messo in atto nei confronti del partner, finendo – ahimè – per bruciarti su quello stesso fuoco che tu hai appiccato.

segue

Certo, il passato è passato e non si può cambiare: quello che puoi fare adesso, però, è ripensare alle volte in cui senti di esserti comportata male a discapito della tua relazione, agendo magari per paura o insicurezza. Scrivi una lettera a chi senti di aver danneggiato, oltre a te, a causa del tuo bisogno di controllo eccessivo.

Se vuoi puoi spedire quella lettera, ma non è necessario: basta che te ne liberi in qualche modo. Puoi stracciarla, metterla in una buca delle lettere senza destinatario, buttarla nella raccolta carta, vale tutto, l'importante è scriverla.

Se invece i tuoi comportamenti peggiori sono legati a una relazione presente, non è necessario chiedere scusa in maniera plateale, basta che la prossima volta che ti rendi conto di stare per ripetere lo stesso errore, anziché perseverare, provi a fare un piccolo gesto gentile nei confronti dell'oggetto del tuo controllo. Che sia un bacio, una carezza, una coccola, un bicchiere di vino: tu sai che cosa è meglio. Affidati al tuo istinto positivo.

Ah, ricordati di scrivere sul tuo quaderno la brutta copia della lettera, ormai sarà già bello pieno dei tuoi pensieri, e anche questo esercizio merita di essere ricordato fra quelle pagine...

La lezione di Rossella: errare è umano (e pure tu lo sei, te lo ricordi?)

Dopotutto, domani è un altro giorno.

MARGARET MITCHELL, *Via col vento*

GIÀ nel primo capitolo di *Via col vento*, Margaret Mitchell mette in chiaro le cose: Rossella O'Hara non era una bellezza, o meglio, lo era ma di una bellezza vera, fatta di pregi e difetti che misteriosamente si integrano in un quadro luminoso. E per fortuna sua, gli uomini si accorgevano dei pregi e percepivano soltanto questa vaga luminosità, mentre le donnine, ovviamente, analizzavano ogni difetto.

Ah, gli uomini, creature sagaci e intuitive. Rossella suppliva con il fascino a ciò che poteva mancarle in avvenenza. Per noi, che siamo abituate a visualizzarla con le fattezze hollywoodiane di Vivien Leigh, è forse difficile immaginarla in questo modo, ma la realtà – letteraria – è lì, nero su bianco da pagina uno.

E già questa è una prima lezione importante che Rossella ci insegna: se non sei bellissima, sii incantevole e nessuno se ne accorgerà.

Ma, lasciando stare le disquisizioni estetiche, che, onestamente, non sono mai il punto focale delle faccende amorose, la lezione più importante di Rossella è racchiusa tutta nella frase finale del libro: «Dopotutto, domani è un altro giorno».

Corre voce che l'autrice abbia scritto le ottocento e passa pagine del suo capolavoro proprio partendo da quell'ultimo capitolo in cui Rhett, stufo dei chiari di luna della sua bella, decide di fare le valigie una volta per tutte e abbandonarla al suo destino, con un tonante e maledettissimo: «Francamente me ne infischio». Peccato che Rossella, con un tempismo assolutamente disdicevole, si stia precipitando da lui per dirgli che si è accorta di amarlo davvero, e che Ashley, il presunto amore della sua vita e neovedovo, non era altro che un'ossessione infantile che non ha retto il confronto con la realtà.

C'è un breve scambio: lei lo supplica di non lasciarla, e lui, con un bel sorriso, le fa capire che doveva pensarci prima, se ne infischia, per l'appunto. Mi spiace, dolcezza, sono anni che ti inseguo mentre tu vaneggi su quel biondino, ora mi sono stufato, arrangiati.

E ci duole ammettere che Rhett ha ragione.

Il letto di spine in cui giace Rossella se lo è costruito lei stessa, pezzo per pezzo, in anni di ostinata cocciutaggine e cecità sentimentale.

Ma, suvvia, chi non l'ha mai fatto?

Quante di noi sono rimaste prigioniere di sogni e aspettative, lasciando che le opportunità di relazioni sane e felici svanissero nel nulla, pur di non fare i conti con la realtà dei fatti? Come nella vita, anche in amore capita di sbagliare. Capita di avere torto, torto marcio, e di ritrovarci fra le mani i cocci del futuro che avremmo potuto avere e invece, per incuria o testardaggine, abbiamo sprecato, accorgendoci in ritardo di quanto fosse prezioso.

E allora Rossella cosa fa? Si attacca alla canna del gas? Nossignore, guardala: seduta sugli scalini della sua casa di Atlanta singhiozza, mentre il suo peggior incubo diventa realtà, e non ha nessuno da incolpare se non se stessa.

Eppure, tra le lacrime, si fa strada dentro Rossella la consapevolezza di sé: tutto quello che ha passato, le sue battaglie reali e figurate, il fuoco irlandese che le brucia l'anima, la sua astuzia, il suo coraggio, la lotta per proteggere Tara, il luogo a cui appartiene, la casa dell'infanzia, la terra che non tradisce. Ok, si dice Rossella, ho commesso un errore terribile, forse il peggiore che potessi fare, forse una caterva di errori, me ne assumo la responsabilità. Ma non lascerò che condizioni per sempre la mia vita da qui in poi. Posso affrontarlo. Posso rimediare. Posso andare oltre.

Dopotutto, domani è un altro giorno.

E davvero lo è, una consolante, innegabile verità: accettando che si può sbagliare, diamo la possibilità a noi stesse di esistere oltre agli incidenti di percorso, senza farci schiacciare dal senno di poi che, come è noto, non ha mai aiutato nessuno. Insomma, tu hai fatto un errore, palate di errori magari, ma tu non *sei* quegli errori.

Quando ci assumiamo la responsabilità della nostra relazione, ci facciamo carico anche delle cose che potrebbero andare male, e va benissimo. L'importante è non dimenticare chi siamo e le cose buone che abbiamo ottenuto durante il nostro percorso di vita. Possiamo prenderci del tempo per sfogare la tristezza, ma dobbiamo aver chiaro che noi stesse siamo il punto da cui ripartire: non siamo esseri bidimensionali, abbiamo mille sfaccettature, abbiamo fatto molte cose nella vita, e non tutte sono state sbagliate.

Noi non sappiamo se Rhett e Rossella torneranno insieme: ma la cosa importante ci è già stata detta. Rossella non finisce qui, ricomincia, si rinnova. Come ha sempre fatto, e come possiamo fare tutte noi. Magari dopo aver pianto un po'. Ma domani è un giorno nuovo.

Faccia a faccia con i tuoi errori

Edith Wharton, *La casa della gioia*

Lily Bart nasce in una ricca famiglia dell'alta società americana di fine Ottocento. L'agio, il benessere e tutti i vizi che la sua condizione economica le permettono finiscono bruscamente con un devastante rovescio economico che la riduce sul lastrico. E non finisce qui! La nostra sfortunata eroina si ritrova pure orfana, e affidata a una vecchia zia, particolarmente severa e bigotta.

Lily, pur essendo dotata di grande fascino, gusto e

intelligenza, caratteristiche che la renderebbero un'ottima futura sposina, è troppo condizionata dagli agi in cui è vissuta e, nel tentativo di mantenere lo stile di vita a cui è abituata e che non può più permettersi, commetterà alcuni errori che la spingeranno giorno dopo giorno sempre più in basso. E neanche il rapporto con l'avvocato Selden, suo amico molto più che amico, potrà aiutarla: proprio la sua passione per il lusso la porterà ad allontanare il ragazzo, che è in realtà un po' spiantato, mentre lui, a sua volta, resterà sempre un po' infastidito e deluso dal lato superficiale e mondano di Lily.

In una spirale di incomprensioni ed errori, il romanzo si chiude con un finale inaspettato... Insomma preparati a rimanere a bocca aperta.

...e quindi?

Attenzione, Lily Bart può indisporti durante la lettura, e parecchio. È un personaggio ambiguo che provoca una buona dose di nervosismo e rabbia. E di sicuro non sarebbe l'amica ideale da portarsi in vacanza.

Sembra incapace di reagire ad alcuni condizionamenti della sua infanzia che le impediscono di vivere una vita a sua immagine e somiglianza, inchiodandola a uno stile pomposo e ricco di sfarzo del quale, se si liberasse, probabilmente non sentirebbe davvero la mancanza.

Se ne renderà conto troppo tardi e solo sull'amaro «calar del sipario» riuscirà a farsi perdonare la sua avventatezza, e in parte la sua superficialità, anche se il prezzo da pagare sarà molto, molto alto.

La figura di Lily può insegnarti molte cose: una su tutte, ti fa comprendere quanto sia importante affrontare la realtà e soprattutto accettare di aver commesso errori. Guardare in faccia le cose come stanno, comprese le responsabilità che si possono avere, aiuta a non sbagliare strada per l'ennesima volta. Insomma, a cosa serve guardarti indietro ma con le mani sugli occhi? Non aver paura di ammettere di aver sbagliato: accettarlo ti libera da tanti condizionamenti che potrebbero impedirti di proiettarti con spirito nuovo verso il futuro. Dobbiamo ancora ribadirlo? Apri gli occhi!

Insomma, ammettere di aver sbagliato non significa giudicarsi, ma guardarsi per quello che si è e imparare a perdonarsi. Come fanno le nostre amiche del Jane Austen Book Club, le trovi in *Nessuno ti può giudicare, nemmeno tu!* a p. 51.

Sbagliare… a modo tuo

Michael Cunningham, *Le ore*

Virginia, Clarissa e Laura: tre donne raccontate in un momento preciso della loro esistenza, lontane tra loro per cultura, esperienze, tempo e luogo di appartenenza.

Virginia, la prima, di cognome fa Woolf, ed è proprio lei, la grandissima scrittrice ritratta a un passo dal suicidio.

Poi c'è Clarissa, una editor della New York degli anni

Novanta, vivace, aperta ma con una parte di sé in qualche modo sospesa, con cui ancora non ha fatto i conti fino in fondo.

E infine Laura, una casalinga del secondo dopoguerra, con uno spasmodico desiderio di essere perfetta come moglie e come madre. La incontriamo, svogliatissima, alle prese con l'organizzazione della festa di compleanno del marito: occasione che diventa pretesto per riflettere sul ruolo che si è ritagliata con testardaggine nel tempo.

Tre donne collegate tra loro da un filo sottilissimo che verrà svelato solo nelle ultime pagine, con un colpo di scena degno soltanto della grande letteratura.

Tre ritratti vividi e perfetti di tre donne alle prese con loro stesse, in un continuo gioco di specchi e rimandi.

...e quindi?

Tre donne diverse che fra le pagine di questo splendido romanzo vivono, scalpitano, ma soprattutto recriminano. Ed è proprio su questo che dovresti soffermarti: una volta terminata la lettura del romanzo, prova ad analizzare come Virginia, Clarissa e Laura si pongono rispetto a quelli che sono stati gli errori che hanno determinato le loro scelte. Ognuna reagisce in modo differente e ognuna, facendo lo stesso percorso, giunge a destinazioni diverse. Questo ti servirà a rivedere le tue modalità.

Perché sbagliare si può. Non è grave. L'importante è accettarlo per non rimanere cristallizzate in un senso di colpa e di autolimitazione che potrebbe condizionarti. Troppo e sempre a caro prezzo. Ognuna ha la sua strada per farlo. E tu chi sei? Virginia, Clarissa o Laura? Probabilmente nessuna delle tre, o forse un pezzo di ognuna di loro...

E se la paura di sbagliare fosse out?

Sophie Kinsella, *La regina della casa*

Samantha Sweeting è una giovane donna di successo che lavora in uno studio legale londinese di cui sta per diventare socia. E lì dentro è una vera star: pochi minuti di una sua consulenza valgono una fortuna.

Ma l'imprevisto è dietro l'angolo e, proprio mentre aspetta con ansia di essere nominata socio, si accorge di aver commesso un errore che le costerà il posto.

Sconvolta, si allontana dall'ufficio per poi trovarsi in aperta compagna, persa e senza punti di riferimento.

Arriva, come in una fiaba, nei pressi di una splendida casa, e prova a chiedere informazioni ai proprietari, che invece la scambiano per la nuova candidata al ruolo di domestica. E Samantha cosa fa? Sta al gioco: chissà come, l'idea di fare la colf le sembra un'alternativa per non affrontare il casino in cui è finita, e poi in fondo non ha nulla da perdere.

Il piccolo problemino è che la nostra amica non è minimamente in grado di fare nulla che possa anche solo avvicinarsi al concetto di faccenda domestica e per tutta la settimana in cui rimarrà in servizio combinerà un mare di disastri. Aiutata solo dalla madre del prestante giardiniere del quale – caso strano! – si innamorerà. Perché una delle riflessioni cui ci invita questo libro è che ormai il giardiniere palestrato ha soppiantato il vecchio e azzurro principe...

...e quindi?

Questo è un romanzo leggero e spiritoso, certo, e sicuramente ti farai quattro risate. Non dimenticare però anche di imparare la lezione. Perché la lezione c'è, oh sì, e pure bella grossa. Samantha a un certo punto prende una decisione che modificherà nuovamente la sua vita, dopo l'iniziale colpo di scena. Valuterà cosa fare ma forse non con la giusta attenzione e soprattutto non prendendo in considerazione i suoi sentimenti. L'unica cosa che la smuove è il desiderio di non affrontare i propri errori: perché semplicemente non è abituata a essere in una posizione di debolezza, e non si sente, a dispetto del ruolo di avvocatessa rampante, in grado di accettarla.

Ma se ne renderà conto. Ammetterà il suo errore per arrivare al più classico dei finaloni megaromantici.

E tu, credi che per te sia possibile il lieto fine?

Hai mai pensato che rivalutare quelli che riteniamo essere stati errori fatali, liberandoti del loro enorme peso specifico, possa darti straordinari stimoli e rinnovata energia per affrontare una relazione? L'hai capito che la paura di sbagliare o di affrontare i propri errori è irrimediabilmente out? Più fuori moda di un principe azzurro! E a proposito... sei mai uscita con un giardiniere?

Insomma, fuggire non è mai una buona idea, lo vedremo anche con Anna, in *Ricomincia a passo di danza*, a p. 223.

Serendipità

Paola Calvetti, *Olivia ovvero la lista dei sogni possibili*

Olivia è una poco più che trentenne che lavora, molto più che precaria, in un ufficio stampa. Un giorno di fine dicembre, a ridosso di Natale, viene, questa volta molto ufficialmente, licenziata. Con tanti auguri di buone feste.

Lungi dal ritornare a casa e sprofondare nella sua disperazione, come probabilmente farebbe chiunque altro, si rifugia, attirata dall'insegna che recita un gentile WELCOME! in un bar tabacchi. È qui che, seduta a un tavolino del soppalco, inizierà, frugando nella scatola di cartone in cui sono contenuti tutti gli oggetti che arredavano il suo angolo d'ufficio, a rivedere il curriculum: e partire da quello lavorativo la porterà inevitabilmente a valutare quello sentimentale ed emotivo.

Stilerà liste per il futuro, ripenserà alla nonna tanto amata, ancora ben presente nella sua quotidianità sebbene scomparsa da tempo, e osserverà con un occhio diverso tutti gli avventori che in quelle ore condivideranno i tavolini accanto al suo.

Fra le pagine, intanto, fa capolino il personaggio di Diego: è possibile che, in qualche modo, le loro esistenze siano destinate a incrociarsi?

Olivia, seduta al bar, ancora non lo sa: ma intanto questo suo ripensarsi le regalerà un cambiamento radicale e una nuova spinta verso il futuro.

...e quindi?

> È che non puoi schierarti, perché non è uno che ha ragione e l'altra torto; c'è solo uno dei due che ha smesso di amare. Il «non ti amo più» è una sentenza che non prevede appello a qualsiasi età e davanti a qualsiasi giudice terreno. Di fronte a tanta sincerità non hai argomenti, ti inchini al mistero e cerchi di sopravvivere.

Olivia, in una condizione di cambiamento forzato e malinconia, rivede il suo passato per osservarne i punti oscuri, e ancora non sa che proprio questo le permetterà di guardarsi con occhi diversi.

E quella giornata, che era iniziata nel peggiore dei modi, le darà la possibilità di aprirsi al nuovo.

Ripenserà anche al significato di «serendipità», quello che ti capita quando stai cercando una cosa, e invece ne trovi un'altra che comunque fa al caso tuo. Il concetto della vita che ti capita, il principio di essere aperti a prendere il buono anche dalle cose peggiori, ma non senza responsabilità. Saper cogliere il lato positivo di un cambiamento, insomma, – soprattutto se non siamo state noi a volerlo – è tutt'altro che fatalismo, anzi, è una forte determinazione.

Ecco, prova a porti come Olivia, e rubale anche l'idea di scrivere delle liste. Facendolo ti accorgerai di quanto serva, e non solo per la spesa. Insomma, prova a rivedere, accettandolo, il passato con i suoi errori, per riaprirti alla vita.

FACCIAMO UN GIOCO?

Rossella O'Hara torna a Tara: quello è il luogo del cuore che sceglie per ricomporsi e sanare le sue ferite. Quella è casa sua e lo sarà per sempre.

E la tua Tara qual è, te lo sei mai chiesta?

Prova ad andare in un posto che ami, nel quale ti senti a tuo agio: può essere il tuo parco preferito, il giardinetto sotto casa, la riva del tuo mare, o la vallata che adori. Scegli tu di quanto vuoi spostarti, l'importante è uscire di casa. Fai una lunga passeggiata, ripensando a quali sono, secondo te, gli errori peggiori del passato, che non hai mai ammesso o che non hai mai accettato. Fermati un attimo, scrivili: con parole il più semplici possibile, andando dritta al punto: l'importante è, anche stavolta, metterli nero su bianco. Insomma, non l'avevi capito? Tira fuori il quaderno!

Adesso liberati di questi errori: puoi scegliere dei sassolini da lanciare nell'acqua – stando attenta a non tirarli in testa ai bagnanti! – o da seppellire sotto un po' di terra nel verde del bosco.

Quando tornerai a casa, fermati un attimo prima di varcare la soglia: rispetto a quando sei uscita sei più leggera, lo senti? Immagina di aver finalmente scrollato via un peso che avevi sulle spalle. I tuoi occhi devono essere bene aperti per guardare al futuro: una volta entrata in casa ti sarai definitivamente lasciata alle spalle quella versione di te che continuava a condizionarti in negativo. Sei pronta?

L'unico compagno che ti serve per questo viaggio è il tuo fedele quaderno, per il resto si tratta solo di partire.

Regina del tuo regno

> «Valar Morghulis, tutti gli uomini devono morire.»
> «Ma noi non siamo uomini.»
>
> George R. R. Martin, *Il Trono di Spade*

Eccola qui, per chiudere in bellezza, la supereroina che cercavi, anche di più: Daenerys Targaryen, Nata dalla Tempesta, la non bruciata, madre dei draghi, liberatrice di schiavi, Khaleesi (regina) della tribù dei Dothraki. Uno dei personaggi più amati degli ultimi anni, non solo dalle appassionate di fantasy, ma anche da tutte coloro che, volenti o nolenti, si sono infognate a guardare la serie televisiva del *Trono di Spade*. Anche le nostre mamme, per dire, che non sono esattamente delle metallare diciottenni.

Ma che cos'ha Daenerys che tutte vorremmo? È l'ultima discendente di una casa reale spazzata via dalla faccia della Terra, vive in esilio in luoghi lontani e, essendo ovviamente bellissima, viene venduta da quel gran simpaticone di suo fratello Viserys al principe barbaro di una tribù guerriera. È una quattordicenne inerme, completamente sola al mondo – il fratello nevrastenico non lo metteremmo nell'elenco di coloro che la amano e la supportano – e si trova sposata dalla sera alla mattina con un marcantonio dall'aspetto feroce per il quale, culturalmente parlando, una donna conta meno di un cavallo, e la cui concezione di festeggiamento matrimoniale è decapitare a colpi di falcetto alcuni degli invitati.

Daenerys comprende di doversi guadagnare sul campo il ruolo di regina. Passare attraverso il cuore del suo sposo – che pure impara ad amare – non le basta: vuole giungere al cuore di quello che è, ormai, il suo popolo. E lo fa, lasciando indietro il fantasma timoroso di se stessa, quella che è sempre stata, il modo in cui si è sempre riconosciuta. Passo dopo passo, Daenerys capisce chi vuole diventare e come fare per arrivarci, spinta dal desiderio di incarnare il cambiamento che vuole vedere nel suo mondo. Non delega: si confronta, impara, viene tradita e offesa, eppure non si ferma. La sua non è la sete di potere che muove tutti i sovrani della saga: è desiderio di giustizia, nel rispetto di un codice etico più rispondente al suo sentire.

È vero, lo so cosa stai per obiettare, tre draghi d'assalto farebbero comodo anche a te, e invece devi accontentarti di un beagle o un paio di gattini... Ma ci sono cose che puoi apprendere da Daenerys, per trovare nel tuo quotidiano, molto meno fantastico ma a volte difficile come una battaglia in mezzo al deserto, la stessa forza che muove questa giovane regina e sviluppare un potere personale più solido, attraverso il quale creare ciò che è bene per te.

Innanzitutto, ricordati chi sei e da dove provieni, ma

non vivere nel passato, guarda Daenerys: lei appartiene a una famiglia reale, ma non commette l'errore – che invece fa suo fratello Viserys – di pensare che la corona le sia dovuta. Accetta che le cose siano cambiate, anche se con esiti dolorosi, e fa in modo di adattarsi a esse, senza snaturarsi. Non cerca scorciatoie, ma vuole essere amata (su ampia scala) per quella che è. Il che significa mettersi in gioco, provare a fare cose che non ha mai fatto, comprendere il punto di vista delle persone che le stanno attorno e imparare anche le usanze più barbare senza giudicarle a priori (e tu, che ne diresti di assaggiare il cuore crudo di un cavallo?). Daenerys si circonda di persone di cui si fida e con le quali si confronta, ma non manca mai di assumersi in pieno la responsabilità delle sue scelte e, ebbene sì, dei suoi errori. Quando viene tradita non dimentica, ma comunque va oltre. E questo non vuol dire, attenzione, per forza perdonare ma anche, più semplicemente, rifiutarsi di essere identificate con quel tradimento, non accoccolarsi nel ruolo della vittima come in una coperta calda dalla quale è impossibile uscire. Daenerys diventa una regina nel momento in cui si riconosce come tale: ed è questo che devi imparare a fare anche tu.

Il centro del tuo mondo sei solo e solo tu, e tu ne sei la regina. Ci avevi mai pensato? Una donna fiera di quello che è, che trova da sola le definizioni per se stessa, celebrando la propria grandezza nonostante le sconfitte, le ferite, gli abbandoni.

Non lasciare che la vita faccia di te qualcosa che non sei: prova a essere tu quella che plasma il suo destino facendo in modo che corrisponda a ciò che senti veramente di essere, immaginando con coraggio la persona che vuoi diventare. Ognuna di noi ha dentro una regina, si tratta solo di liberarla. Può essere un gioco bellissimo questo, più avvincente di qualsiasi saga fantasy. Allora, sei pronta?

Ricomincia a passo di danza

Marta Pastorino, *Il primo gesto*

La poco più che ventenne Anna, dopo aver lasciato la famiglia e il paese d'origine, trova lavoro come badante – scelta bizzarra per una della sua età! Eppure si occuperà con cura e sollecitudine della signora Maria, da tempo priva della vista, arrivando ad affezionarsi a lei.

L'anziana donna condividerà con la giovane i suoi ricordi e soprattutto il dolore per non aver più rivisto il nipote amatissimo che si è allontanato, a sua volta, dalla famiglia, molti anni prima.

La stessa notte in cui l'anziana signora muore, nello stesso momento in cui una vita si spegne, se ne accenderà un'altra, perché Anna partorirà suo figlio.

Però anche questa volta sceglierà la strada apparentemente più semplice, scapperà di nuovo, incorreggibile, abbandonando il neonato al suo destino in ospedale.

L'abbandono di quel figlio, concepito in un incontro

casuale e mai veramente voluto, è simbolo della tendenza di Anna a fuggire, lasciandosi alle spalle situazioni irrisolte, senza mai soffermarsi a riflettere sulle scelte e sugli avvenimenti che l'hanno condotta a quel punto. Sembra una strada senza uscita, un destino di solitudine e disaffezione dal quale la protagonista non riesce mai a staccarsi.

Poi, grazie alla solidarietà tutta al femminile di una donna straniera che l'accoglierà in casa, in un interessante rovesciamento di ruoli, affronterà un nuovo viaggio che l'aiuterà a ristrutturarsi e ricostruirsi, lasciandosi alle spalle un passato troppo doloroso.

...e quindi?

Questo romanzo ti metterà di fronte al percorso personale difficile e tortuoso di una giovane donna.

Anna riesce a catturare chi legge, e si lascia conoscere pagina dopo pagina, gesto dopo gesto, azione dopo azione.

Permettendoci di perdonarla nello stesso modo in cui lei arriva a perdonarsi.

Presta attenzione alle pagine in cui il racconto l'avvicinerà alla danza sensibile, potrai sentire in quei gesti naturali e spontanei tutta la forza della sua rinascita, attraverso il riconoscimento di una nuova consapevolezza.

Perché proprio in quei passi liberati lei celebrerà la sua persona. Come anche tu dovresti fare ora.

Senza rimandare ulteriormente, trovando in te il tuo modo, il tuo mezzo. E magari a passo di danza.

Segui il ritmo che senti dentro di te!
Roald Dahl, *Matilde*

Letteratura per ragazzi? Certo, ma non solo. Perché se hai perso l'occasione di conoscere Matilde quando eri ragazzina, non è ancora troppo tardi. Che fenomeno che è! Lettrice precoce e voracissima, particolarmente intelligente e dotata, misteriosamente figlia di due imbecilli. Ma imbecilli veri! La madre ha come unica priorità il Bingo, il padre è un piccolo e meschino truffatore, e l'intera vita coniugale e famigliare si articola intorno a un interesse esclusivo: la televisione. Meno male che c'è la signorina Betta Dolcemiele, la maestra di Matilde, la sola a riconoscere in lei una potenzialità che va coltivata con amore, rispettando la bambina per quello che è, contrariamente a quello che fanno i suoi genitori, che la denigrano di continuo in quanto diversa da loro.

Purtroppo non sono i soli: anche la signora Spezzindue, la preside della scuola, ha preso di mira Matilde, considerandola una pericolosa teppista, coadiuvata dallo stesso padre della bimba che gliel'ha fatto credere, dipingendola a tinte fosche.

Ma, a un certo punto, Matilde scoprirà di avere un potere particolare, e lo userà per ripristinare la giustizia all'interno del suo microcosmo. Una storia buffa e simbolica sul potere dell'immaginazione e della fiducia nelle proprie capacità.

...e quindi?

> Da quel momento, Matilde andò in biblioteca solo una volta alla settimana, per prendere nuovi libri e restituire quelli già letti. La sua cameretta diventò una sala di lettura, dove passava i pomeriggi seduta a leggere, con una tazza di cioccolata calda accanto. [...] Era così piacevole tener vicino una bevanda calda mentre leggeva e leggeva, nella sua stanzetta silenziosa. I libri le aprivano mondi nuovi e le facevano conoscere persone straordinarie che vivevano in una vita piena di avventure.

Matilde è una bambina meravigliosa in un mondo popolato quasi esclusivamente da adulti orrendi: verrebbe spontaneo pensare che ne sia sopraffatta. E invece non è così: fin da piccolissima, riesce a sviluppare in modo autonomo quegli interessi e quelle capacità che la renderanno immune alla mediocrità che la circonda. I libri sono una parte fondamentale della sua vita: attraverso di essi, Matilde viaggia e cresce, imparando a superare le difficoltà.

Non la vediamo mai piangersi addosso, né deprimersi, anzi è sempre molto positiva. E ha in sé quella forza d'animo che le consentirà di aiutare anche gli altri quando ne avranno bisogno.

Ma ora veniamo a te, perché questa bimbetta un po' secchiona ha molto da insegnarti. Anche tu puoi essere magica: i tuoi interessi, le tue passioni, le cose che ami fare e i tuoi talenti sono l'incantesimo che puoi attuare per metterti in risalto nelle tue caratteristiche più importanti. Non aver paura di essere te stessa, perché ciò che ti distingue è anche ciò che ti rende meravigliosa e irripetibile. Esercita il diritto di ballare secondo il ritmo che senti dentro, senza cercare a tutti i costi di omologarti: rischi di perdere le cose che fanno di te ciò che sei.

Matilde è una bimbetta, zia Mame ha qualche anno di più. Eppure entrambe hanno il coraggio di essere se stesse e compiere l'incantesimo nella loro vita. Vai a trovare quest'altro bizzarro personaggio a p. 56, nel capitolo *Zia Mame, o del farsi spazio (anche a costo di sgomitare)*.

...Abbi cura di te!

Kathryn Stockett, *L'aiuto*

Jackson, Mississippi, profondo sud degli Stati Uniti. È il 1962 e la giovane Eugenia «Skeeter» Phelan, appartenente a una famiglia benestante e conservatrice, ritorna a casa dopo aver frequentato l'università. In qualche modo questa sua scelta è determinata dalla malattia della madre, ma non solo: è come se Skeeter non fosse davvero pronta a prendere il suo posto nel mondo, è ancora in bilico tra il rifiuto del futuro che sembra spettarle – quello che vivono tutte le sue amiche e compagne d'infanzia, sospese tra il bridge, il marito e i figli – e il sogno di una vita «altrove» che la attira come una calamita. Il pigro scorrere della vita di campagna non spegne la sua creatività, e non le impedirà di provare a realizzare il suo sogno: diventare una scrittrice.

La lontananza e gli studi le hanno aperto lo sguardo: ora si rende conto di molte cose che prima non notava, forse perché le riteneva scontate. Intorno a lei l'enorme divario tra i bianchi e i neri, per esempio, due mondi a parte.

E proprio relazionandosi con Aibileen e Minny, due domestiche di colore dalla personalità diversa e contrastante ma dotate entrambe di grande forza e determinazione, riuscirà a trovare la strada per diventare ciò che ha sempre desiderato.

...e quindi?

Questo romanzo ti farà bene, e ti presenterà pagina dopo pagina una varietà di temi che amplieranno il tuo orizzonte.

Innanzitutto quello della segregazione razziale, che ci fa capire quanta strada è stata fatta per i diritti civili ma anche quanta ancora se ne debba fare, soprattutto quando il limite è l'ignoranza che impedisce la conoscenza reciproca del «diverso» da te.

Ma non è solo su questo aspetto che ti troverai a riflettere. Ti consigliamo di soffermarti sulla figura di Skeeter, che con grande determinazione riuscirà a spezzare i meccanismi che la vincolano per riuscire a concretizzare il sogno di essere ciò che desidera essere.

Inizialmente non sarà facile, a causa di vari condizionamenti, in primis quello della madre, che, fedele alla migliore tradizione, vorrebbe vederla accasata e circondata dalla prole, e non esita a ricattarla con la sua malattia. Solo dopo aver maturato in sé la consapevolezza delle proprie qualità, tutto per Skeeter diventerà semplice. Più di quanto potesse immaginare. In parallelo, il personaggio di Aibileen, commovente e resiliente: «Tu sei brava. Tu sei carina. Tu sei importante!» Questa è la frase che, tutti i giorni, più volte al giorno, Aibileen dice alla bimba di cui è tata, ben consapevole del valore che ha sentirsi amata e apprezzata per sviluppare la propria personalità. E tu? Perché invece di aspettare che qualcuno ti dica queste frasi non te le dici da sola? Prova a farlo con te stessa, tutti i giorni. Guardati allo specchio e celebra le tue qualità. Cresci te stessa bene, come una buona tata farebbe con il suo piccolino. E un po' alla volta, con il passare del tempo, farai tue queste affermazioni e ti verrà spontaneo riconoscere il tuo valore.

Scopri la magia dentro i tuoi giorni

Francesca Lia Block, *Angeli pericolosi*

Un romanzo di luci al neon, fatto di scorci di un'America che assomiglia a un sogno e a un videoclip, un romanzo di oceano e metropoli che non perde il suo sapore di realtà. Weetzie Bat, la protagonista, ha i capelli di mille colori diversi, e indossa soffici gonne di tulle e giacche borchiate con innata eleganza. Si muove, con a fianco il suo migliore amico Dirk, per le strade caotiche di Los Angeles, alla ricerca dell'amore, un agente segreto che le faccia battere il cuore ancora più forte. Prima di trovarlo non fa altro che infatuarsi di tipacci sbagliati: naturalmente aperta al mondo e ai suoi avventori, è talmente presa dall'ideale di un uomo speciale da dimenticarsi a volte di proteggersi. Per fortuna, ci pensano i suoi amici. E un giorno arriva, proprio lui, My Secret Agent Lover Man: si riconoscono, si amano, diventano una famiglia.

Così inizia una saga famigliare in chiave quasi punk, popolata da figure femminili incantate e travolgenti: c'è la dolcissima e saggia nonna Fifi, e poi c'è Babystrega, che non apparterrà mai a niente e a nessuno, e infine Cherokee, adorabile e timida, che spesso pecca di scarsa autostima.

Un libro che sembra danzare a ritmo di musica, in cui gli avvenimenti e i personaggi si susseguono rapidamente, come visti dal finestrino di una Pontiac rossa del '55, ognuno a modo suo necessario per lo svolgersi della vicenda. La cosa più difficile per te sarà sceglierne solo uno da portare nel cuore.

...e quindi?

Perché dovresti leggere questo libro? Perché ti accorgerai, procedendo con la lettura, di provare una sensazione che forse pensavi perduta: un senso di stupore e grandezza per la vita che ci circonda, non strettamente collegato alla spiritualità e alla natura, ma ad aspetti più pragmatici e tangibili. Gli amici, i partner, i concerti, i viaggi in macchina, il make up: tutto assume una connotazione quasi magica, potente e bella. Weetzie Bat incarna proprio questo spirito: una ragazza, e poi una giovane donna, perfettamente inserita in una realtà pop e se vogliamo anche consumistica, ma animata – quasi posseduta – da uno spirito romantico e di meraviglia. Nulla è stereotipato in queste pagine: anche il modo in cui, a un certo punto, Weetzie vivrà il desiderio di maternità è tarato solo ed esclusivamente sulla sua personalità, senza deroghe alle generalizzazioni più comuni.

Apri gli occhi, osserva tutto intorno a te, la città che abiti, il cielo fra le case, i dettagli più minuscoli, come un fiore fra le crepe del marciapiede: riesci a provare gratitudine? Sospendendoti in un momento che non ha nulla a che vedere con il tuo passato né con il tuo futuro: qui e ora, semplicemente festeggiando il fatto che respiri, ed esisti.

Ti è piaciuta la forza e la determinazione di Weetzie? Lei è davvero la regina del regno della sua vita. Abbiamo incontrato un'altra vera dura un po' di pagine fa. Si chiama Pantera e se l'hai scordata puoi fare un salto a p. 91, in *Il tuo corpo è un regno di cui tu sei la regina*.

Facciamo un gioco?

Daenerys, Nata dalla Tempesta, lotta per affermarsi in un mondo maschile in cui il massimo a cui può aspirare una donna è un buon matrimonio.

Lei si appropria di tutta la sua regalità agendo in prima persona, senza delegare a nessuno il suo valore: ed è quello che speriamo abbia imparato a fare anche tu.

Quando hai iniziato a leggere questo libro, forse non ti aspettavi di trovare così tanti spunti su cui lavorare, e soprattutto non pensavi che fosse difficile fare certe liste o ripercorrere alcuni passi della tua storia. In ogni caso, se l'hai fatto e ora sei qui è giunto il momento di celebrare te stessa e il tuo percorso. Non osiamo neanche immaginare quanto sia pieno a questo punto il tuo quaderno!

Oggi Daenerys sei tu: vai a rileggere tutto quello che hai scritto e scoperto su di te, e pensaci: che cosa è cambiato? Quali cose, sepolte nella tua mente, sono emerse? Quali errori pensi che non farai più?

Puoi usare tutto il materiale che hai raccolto su di te e trasformarlo in una potentissima dichiarazione d'intenti, il tuo manifesto. Questo è quello che scegli di essere, da oggi in poi. Proprio come Daenerys, Nata dalla Tempesta, la non bruciata, madre dei draghi, liberatrice degli schiavi.

L'amore raccontato. Spunti di letteratura fra i secoli

È PIÙ o meno l'inizio del VI secolo avanti Cristo, quando una signora di nome Saffo scrive questa lirica:

> C'è chi dice sia un esercito di cavalieri,
> c'è chi dice un esercito di fanti,
> c'è chi dice sia una flotta di navi sulla nera terra
> la cosa più bella,
> io invece dico che è ciò che si ama.

È la prima volta nella storia della letteratura che viene espresso quello che per noi è scontato: il gusto soggettivo. E, come raccontano fiumi di pettegolezzi storici e filologici, Saffo aveva i suoi buoni motivi per affermare che i suoi gusti erano un po' diversi da quelli degli altri. Anche se, va detto, il fatto che le piacessero le signorine all'epoca era considerata una cosa piuttosto comune, mica come in seguito, quando l'idea di due donne fidanzate avrebbe scomodato esorcismi e salotti televisivi. Poi uno dice che il mondo va avanti!

Le liriche degli antichi sono piene di amori infelici: cambiamo Paese, secolo e pure sesso, e troviamo il buon Catullo che si strugge per l'amata Lesbia. Ma allora è un vizio, direte voi. Invece semplicemente la chiamava Lesbia per camuffare la sua vera identità – era sposata – ma le piacevano aitanti e barbuti. Anzi, le piacevano pure troppo, tanto che il povero Gaio Valerio aveva un bel daffare a scriverle carmi infuocati, lei un giorno c'era e quello dopo chissà.

Lui si lamentava – «*et excrucior*», e io soffro! – mentre Lesbia, già me la vedo, sbuffava e diceva alla sua amica Giulia: «Catullo mi ha chiesto di uscire stasera ma io non so se me la sento, è sempre depresso, una palla. E dammi un bacio, e dammi un altro bacio, e dammene cento, mai una volta che mi portasse, che ne so, al circo!»

Ma lasciamo Catullo alle prese con le gioie dell'amore extraconiugale e spostiamoci in Francia, che i baci alla francese non si chiamano mica così perché li hanno inventati in Belgio. Nel Medioevo andava forte l'amor cortese: proprio in contrasto con le brutture dell'epoca, i menestrelli cantavano melensaggini alle dame, mentre i mariti andavano in giro a fare la guerra. E proprio per questa lontananza dei legittimi sposi, a sentire le *chansons* pare che andasse forte l'amore adulterino. Cortese mica tanto, ma bello sì, proprio per questa tensione erotica e sentimentale tra il desiderio e la sua realizzazione impossibile, tra il vorrei e il non posso, tra gli incontri fugaci negli anfratti dei castelli e il rigido giudizio negativo della Chiesa, che, si sa, non ha mai visto di buon occhio queste faccende.

La donna qui è intangibile come una dea, perché non solo appartiene già a un altro, ma è pure di un ceto sociale più alto. Ma, ripeto, è proprio questo il bello. L'amore matrimoniale medievale è un'unione politica prima di tutto, mentre gli sguardi languidi del menestrello che strimpella in completa adorazione, be', quelli sono *amor fino*.

In Italia c'è il Dolce Stil Novo: Guinizzelli, Cavalcanti e, un nome su tutti, Dante Alighieri. Che fa di Beatrice la donna angelicata per eccellenza, l'oggetto di un'adorazione fatta di parole raffinate, ma di tenersi per mano manco a parlarne. «Tanto gentile, tanto onesta pare»: pare, appunto, perché in realtà Dante non conosce per nulla la ragazza. Si limita a osservarla a distanza, sempre in occasioni pubbliche, seminascosto tra una fantesca e un maniscalco, scorge un angolino dell'orecchio dell'amata e ci costruisce sopra un castello di emozioni, doti ed endecasillabi.

Povero Dante, lasciamolo a Firenze e facciamo un saltone nel tempo e nello spazio, arriviamo al 1700 in Germania, perché è in questo periodo che nasce e si sviluppa il Romanticismo. Va là, che vi vedo, solo a sentire questa parola avete già gli occhi a cuoricino. In realtà ci sono un po' di miti da sfatare, in quanto il Romanticismo nasce da un movimento che si chiama *Sturm und*

Drang (Impeto e Tempesta), non proprio una roba da Baci Perugina. Diciamo che il significato – letterario – di romanticismo ha meno a che vedere con l'amore e più con gli uomini a petto nudo nella brughiera che si struggono affascinati dall'eterna lotta contro la natura. Che poi, a dirla tutta, molti di loro erano poeti tisici che non uscivano mai di casa, ma avevano sviluppato quest'immaginario titanico dell'uomo in lotta con la potenza del destino. Avete presente quelli che in chat hanno l'avatar di Conan il barbaro e nella realtà pesano quattordici chili e arrossiscono salutando la panettiera? Uguale. Per fare un esempio calzante di come parlavano d'amore i romantici possiamo prendere in prestito il giovane Werther degli omonimi dolori, romanzo capolavoro di mister Goethe. La storia è semplice: Werther ama Charlotte, che però è fidanzata con Albert e gli dice: mi piaci molto ma mi devo già sposare con un altro, se ti va possiamo rimanere amici. Werther ci pensa un po' su e poi si suicida.

Be', ok, potrei avere un po' semplificato perché in realtà la storia è molto più complessa di così, intrisa com'è dello struggimento dell'uomo che non riesce a rassegnarsi alla concezione borghese di rinuncia al sentimento in omaggio alle convenzioni sociali. Perché, attenzione, persino se l'amore è corrisposto, questa non è una buona ragione per mandare a monte un matrimonio. Il suicidio è quindi visto non come atto di disperazione – morto per amore –, ma come ribellione verso le costrizioni sociali. È un atto sociale e sentimentale insieme, in un'epoca che vede invece ben scissi i due aspetti. Ecco, giusto per chiarire che fra il Romanticismo e i Baci Perugina c'è un bel po' di distanza. Insomma, Werther si uccide non tanto perché è stato respinto dalla donna che ama, quanto perché rifiuta di conformarsi alle convenzioni sociali della sua epoca.

Per trovare quello che è invece un sentire più vicino al romanticismo amoroso come lo concepiamo noi oggi dobbiamo fare un altro balzo in avanti e arrivare all'Ottocento, per poi proseguire per tutto il Novecento, viaggiando fra le pagine della letteratura moderna e contemporanea.

Se diamo una data ai nostri classici amorosi preferiti è facile accorgercene: Jane Austen si mette all'opera intorno al 1795, le sorelle Brontë pubblicano i loro romanzi migliori nel 1847, e anche Tolstoj, Flaubert e compagnia cantante scrivono in quegli anni. Con le dovute differenze la letteratura amorosa dell'Ottocento fa proprie le tematiche delle correnti precedenti ma le sviluppa in chiave più moderna, adattandole a una società che, rispetto ai secoli passati, evolve molto più velocemente, cambiando, in questo secolo, come mai era cambiata prima.

Quello che leggiamo oggi deve moltissimo agli autori di allora. Sono i nostri «classici» e si chiamano così perché sanno resistere alle mode, i *little black dresses* della letteratura: stanno bene a tutte e offrono conforto e identificazione anche a donne che mai, nella loro vita, indosseranno una crinolina o saranno costrette a sposarsi per convenienza.

La cosa che non possiamo fare a meno di ignorare è che l'amore narrato è sempre un amore infelice o contrastato. Fateci caso, pensate a tutti i libri che avete letto, alle eroine piangenti e ai protagonisti tempestosi: mai una gioia, oh! Ma perché? Be', perché raccontare un amore felice, dopo un po', è tremendamente tedioso. Non succede niente. Prendiamo la nostra amica Anna Karenina: si innamora di Vronskij, lui anche la ama, si mettono insieme, e poi? Mica che il buon vecchio Lev può stare lì a raccontarceli mentre vanno al Carrefour a scegliere fra le varie marche di caffè. Se il conflitto più grave è che lui vuole Illy e lei preferisce Lavazza, hai voglia a essere un bravo scrittore: dopo un po' di pagine è la lettrice che va a buttarsi sotto un treno per sfuggire alla noia.

Quello che invece è il merito di un certo tipo di letteratura contemporanea è di aver introdotto una leggerezza vitale e necessaria in un argomento che è spesso la più grossa fonte di dolore della nostra vita. Sto parlando della chick lit, e dei suoi prozii più prossimi, i romanzi rosa. Prima della Kinsella e di Helen Fielding c'erano Delly, Liala, e mi sento di dire anche Brunella Gasperini, che scriveva romanzi di uno spessore leggermente diverso, spaccati della società italiana, vividi e commoventi, che molte di noi non hanno conosciuto, ma provate a chiedere alle vostre mamme!

Le eroine dei romanzi rosa ci piacciono perché sono moderne, buffe, a tratti un po' bizzarre: e si innamorano sempre dell'uomo sbagliato, anche loro, ma senza farne una tragedia. E quasi tutte, prima o poi, arrivano al nodo della questione: ovvero loro stesse.

Possono esserci utili se pensiamo davvero alla letteratura amorosa come a una sorta di piccola terapia da mettere in atto su di noi nel momento del bisogno, perché accendono quella scintilla di identificazione in maniera molto forte e diretta, e ci accompagnano in un percorso interiore che, se anche comincia con Mister Wrong, finisce quasi sempre con Miss Right, ovvero la protagonista stessa, cresciuta, arricchita, fondamentalmente una versione migliorata di quella che era nelle prime pagine, e con magari di fianco un compagno che quasi mai – se ci fate caso – è il bel tenebroso un po' carogna del primo capitolo. Il lieto fine: eccolo qua, finalmente. È vero che nella vita non c'è sempre, ma questo non ci deve impedire di goderci quel senso di soddisfazione e appagamento che si prova, al termine di un romanzo, quando le cose vanno a posto: interiorizzando quella sensazione, chiuderemo il libro portandoci via una scintilla di energia positiva e, trasferendola nella nostra quotidianità, qualcosa potrebbe anche succedere, chi lo sa.

Di solito in questi romanzi si piange, certo, ma si ride anche tanto, e questa è una lezione fondamentale. L'ironia, ragazze, l'ironia ci salverà: non si può vivere una vita aggrappandosi alle tende come Eleonora Duse e ululando alla luna come neanche i licantropi di *Twilight*, piangendo fiumi di lacrime sull'amor perduto.

Anche se siete lettrici molto serie e impegnate non

considerate mai sprecato il tempo che potete dedicare a un libro lieve e divertente: è come concedersi ogni tanto un bicchiere di prosecco o un bignè, perché una donna non può vivere di sola insalata!

Ecco, dopo aver visto a grandi linee che cosa è successo nei secoli quando si parlava d'amore, potete scegliere di approfondire con qualche lettura, e poi di uscire a vedere che cosa succede nel mondo, arricchite da quel qualcosa in più che forse prima non c'era o era semplicemente nascosto da qualche parte dentro di voi, e adesso vi appartiene di nuovo.

Perché solo chi legge conosce il segreto: i libri possono cambiarti la vita.

BEATRICE

Bibliografia

Agassi, Andre, *Open. La mia storia*, Einaudi.
Alcott, Louisa May, *Una ragazza fuori moda*, De Agostini.
—, *Piccole donne*, Einaudi.
Amado, Jorge, *Gabriella, garofano e cannella*, Mondadori.
Austen, Jane, *Orgoglio e pregiudizio*, Bur.
Ballestra, Silvia, *Amiche mie*, Mondadori.
Beauvoir, Simone de, *Una donna spezzata*, Einaudi.
Benni, Stefano, *Pantera*, Feltrinelli.
Bernardini, Ilaria, *Corpo libero*, Feltrinelli.
Bertola, Stefania, *A neve ferma*, Salani.
Bianchi, Matteo B., *Esperimenti di felicità provvisoria*, Baldini Castoldi Dalai.
Bianchini, Luca, *Io che amo solo te*, Mondadori.
Block, Francesca Lia, *Angeli pericolosi*, Elliot Edizioni.
Bourdouxhe, Madeleine, *La donna di Gilles*, Adelphi.
Brancaccio, Luisa, *Stanno tutti bene tranne me*, Einaudi.
Brontë, Charlotte, *Jane Eyre*, Mondadori.

CALVETTI, PAOLA, *Olivia ovvero la lista dei sogni possibili*, Bompiani.
CAMERON, PETER, *Quella sera dorata*, Adelphi.
CAPOTE, TRUMAN, *Colazione da Tiffany*, Garzanti.
CARUSO, ELEONORA C., *Comunque vada non importa*, Indiana Editore.
CAVINA, CATERINA, *Le ciccione lo fanno meglio*, Baldini&Castoldi.
CHBOSKY, STEPHEN, *Noi siamo infinito*, Sperling & Kupfer.
CIABATTI, TERESA, *Il mio paradiso è deserto*, Rizzoli.
COGNETTI, PAOLO, *Sofia si veste sempre di nero*, minimum fax.
COLGAN, JENNY, *Appuntamento al Cupcake Café*, Piemme.
COUPLAND, DOUGLAS, *Eleanor Rigby*, Frassinelli.
CUNNINGHAM, MICHAEL, *Le ore*, Bompiani.
DAHL, ROALD, *Matilde*, Salani.
DELACOURT, GRÉGOIRE, *Le cose che non ho*, Salani.
DENNIS, PATRICK, *Zia Mame*, Adelphi.
DI PIETRANTONIO, DONATELLA, *Bella mia*, Elliot Edizioni.
DU MAURIER, DAPHNE, *Rebecca la prima moglie*, Il Saggiatore.
EGAN, JENNIFER, *Guardami*, minimum fax.
ENDE, MICHAEL, *Momo*, Longanesi.
ETXEBARRÍA, LUCIA, *Di tutte le cose visibili e invisibili. Amore e altre menzogne*, Guanda.
EUGENIDES, JEFFREY, *La trama del matrimonio*, Mondadori.
FERRANTE, ELENA, *I giorni dell'abbandono*, e/o.
FIELDING, HELEN, *Il diario di Bridget Jones*, Rizzoli.

FLAGG, FANNIE, *Miss Alabama e la casa dei sogni*, Bur.
—, *Pane cose e cappuccino dal fornaio di Elmwood Springs*, Bur.
—, *Pomodori verdi fritti al caffè di Whistle Stop*, Bur.
FLAUBERT, GUSTAVE, *Madame Bovary*, Feltrinelli.
FOWLER, KAREN JOY, *Jane Austen Book Club*, Neri Pozza.
FRANZEN, JONATHAN, *Libertà*, Einaudi.
GAMBERALE, CHIARA, *Per dieci minuti*, Feltrinelli.
GENOVESI, FABIO, *Esche vive*, Mondadori.
GIMÉNEZ-BARTLETT, ALICIA, *Segreta Penelope*, Sellerio.
GLASS, JULIA, *I dolci ingredienti del destino*, Giunti Editore.
—, *Tre volte giugno*, Nutrimenti.
GRANDES, ALMUDENA, *Malena, un nome da tango*, Guanda.
GREER, ANDREW SEAN, *La storia di un matrimonio*, Adelphi.
GRUEN, SARA, *Acqua agli elefanti*, Neri Pozza.
HORNBY, NICK, *Come diventare buoni*, Tea.
—, *Tutta un'altra musica*, Guanda.
KIMMEL, HAVEN, *Zippy. Niente di meglio al mondo*, Piemme.
KING, STEPHEN, *Il gioco di Gerald*, Sperling & Kupfer.
KINSELLA, SOPHIE, *La regina della casa*, Mondadori.
LANSDALE, JOE R., *Tramonto e polvere*, Einaudi.
LAWRENCE, DAVID HERBERT, *L'amante di Lady Chatterley*, Feltrinelli.
LAZZAROTTO, MARCO, *Le mie cose*, Instar Libri.
MARCHETTA, GIUSI, *L'iguana non vuole*, Rizzoli.
MARÍAS, JAVIER, *Gli innamoramenti*, Einaudi.
MARTIN, GEORGE R. R., *Il Trono di Spade*, Mondadori.
MAUPASSANT, GUY DE, *Bel-Ami*, Mondadori.

Mazetti, Katarina, *Il tizio della tomba accanto*, Elliot Edizioni.
Mitchell, Margaret, *Via col vento*, Mondadori.
Montrucchio, Alessandra, *Cardiofitness*, Marsilio.
Murail, Marie-Aude, *Miss Charity*, Giunti.
Nicholls, David, *Un giorno*, Neri Pozza.
Ólafsdóttir, Audur Ava, *La donna è un'isola*, Einaudi.
Palacio, R.J., *Wonder*, Giunti Editore.
Palahniuk, Chuck, *Invisible monsters*, Mondadori.
Pastorino, Marta, *Il primo gesto*, Mondadori.
Pitzorno, Bianca, *Ascolta il mio cuore*, Mondadori.
Rocco e Antonia, *Porci con le ali*, Mondadori.
Roy, Arundhati, *Il dio delle piccole cose*, Tea.
Sciolla, Laura Lorenza, *La coguara urbana*, Mondadori.
Stockett, Kathryn, *L'aiuto*, Mondadori.
Strout, Elizabeth, *Resta con me*, Fazi Editore.
Tessaro, Kathleen, *Elegance*, Tea.
Tolstoj, Lev, *Anna Karenina*, Einaudi.
Torres, Mara, *La vita immaginaria*, Salani.
Veladiano, Mariapia, *La vita accanto*, Einaudi.
Veronesi, Sandro, *Caos calmo*, Bompiani.
Weiner, Jennifer, *Brava a letto*, Piemme.
Weisberger, Lauren, *Il diavolo veste Prada*, Piemme.
Wells, Rebecca, *I sublimi segreti delle Ya-Ya Sisters*, Tropea.
Wharton, Edith, *La casa della gioia*, Neri Pozza.
Zadoorian, Michael, *Second Hand. Una storia d'amore*, Marcos y Marcos.

Ringraziamenti

QUESTO libro è dedicato a chi è alla ricerca della Felicità.

Bea ringrazia Boccadimiele, Malena, Biff, Prisca, Petzi, le bollicine, i toraci possenti, l'Orso, i Nelli, la nonna, le varie congreghe di amiciciu, gnappette e gallinelle, i rossetti rossi di Chanel e i quaderni a righe.

Massimo ringrazia P.V. Tondelli, Morrissey, Douglas Coupland, i Massimo Volume e le parole di Emidio Clementi, David Sylvian, Scenario e i/le librai/ie torinesi, la generosità infinita di mamma e papà, i nipotastri, chi c'è da sempre chi c'è e ci sarà con l'Affetto vero che nutre e fortifica, e il suo giovane e aitante badante Ciccio Panino!

Ma questo libro è per Paola, sempre qui nel mio cuore.

Finito di stampare nel novembre 2014
presso ELCOGRAF S.p.A.
Stabilimento di Cles (TN)
Printed in Italy